村上政彦

α《アルファ》とω《オメガ》

鳥影社

α と ω
アルファ オメガ

目次

α《アルファ》とω《オメガ》

ヒトの体は六〇兆個の細胞からできてると言ったのは誰だったたか、実はそんなに多くなくってせいぜい三七兆個ぐらいのもんだが、種類はけっこうあってだいたい二〇〇種類。骨細胞、軟骨細胞、エナメル細胞、脂肪細胞、線維芽《せんいが》細胞、小腸上皮細胞、肺胞《はいほう》上皮細胞、尿管細胞、肝細胞、膀胱細胞、尿細管細胞、赤血球、白血球、リンパ球、マクロファージ、平滑筋細胞、骨格筋細胞、脳のニューロン、グリア細胞、嗅細胞、味細胞、内耳の有毛細胞とまああたくさんあって寿命はそれぞれだ。いちばん短命なのは小腸上皮細胞で一日から二日、ヒトの便の三分の一はこの細胞で、もっとも長命なのは脳の神経細胞でヒトの寿命と同じほど生きる、とアルファは言う。アルファが細胞に詳しいのは自分が細胞だからで体はアルギニン、亜鉛、核酸、タンパク質からできていて全長は〇・〇六ミリ、ヒト細胞の中でも特殊な精子という細胞である。アルファを含む三七兆個の細胞の塊《かたまり》である有機体は柏木孝光《たかみつ》と呼ばれているようでアルファは七十四日前に彼の精巣で生まれた。アルファにしてみればどうでもいいことだが彼の細胞だから孝光と呼んでもらってもいいし、小さいころからの呼び名のたかちゃんでもかまわない。妻の芳恵《よしえ》はたかちゃんと呼んでいる。

孝光の家は代々の農家で父・光吉《こうきち》の幼かったころは山も持っていて豊かな部類の農家だったが戦後のどさくさで山を奪われ稲作を専業とするようになってそれでも広い田畑があったから食うには困らなかった。それが光吉のせいで少しずつ田畑を売り食いしなければならなくなったのは彼に欠点があったからで人間なのだから誰にも欠点はあるが彼の欠点はやや度外れており、一つはあまり知識もないのに株に手を出し呑み仲間の株屋の影響を受け絶対にもうかると保証された株を買って家一軒を建てられるぐらいの損をし、損を取り戻そうとしてさらに損をしていつの間にか呑み仲間は姿を消してしまい大きな借金だけが残って広い田畑はだんだん小さくなっていった。彼の欠点のもう一つは酒呑みだったことで、株で損をして田畑を売り食いしなければならなくなったのだからせっせと働けばいいものを朝から酒びたりになり孝光が結婚してからも好物の相馬漬けを肴にして日が落ちるころには空の一升瓶が横倒しになっているような暮らしをずっと続けて肝硬変で死んだ。**こんなことで大酒食らって死んでしまうのは人間ぐらいのもんだ。**

孝光が芳恵と出会ったのは会社の健康診断で色白で栗鼠《りす》のようなくりっとした眼の芳恵はほかの看護師とはまったく違って見えつまり一目惚れをしたわけで孝光は彼女につながる人間関係を探したのだが狭い町のことだから一週間もしないうちに高校の同級生が彼女の姉と友達であることが分かり孝光は同級生に頼み込んで芳恵を呼び出しつきあってくれと言った。

孝光は祭りの法被《はっぴ》が似合う古風なハンサムで背も高かった。二人は喫茶店で向かい合っていたが芳恵は俯《うつむ》いてストローを咥《くわ》えゆっくり一口飲み、しばらくして顔を上げるとくりっとした眼でまっすぐ孝光を見つめ、

「お試し期間が三か月、それで相性が悪かったら、この話はなし」と言った。

要するにだ、孝光は最初から芳恵に金玉を握られてたわけで人間の恋愛じゃ恋したほうが弱いらしい。お試し期間のあいだ孝光はできる限り芳恵に尽くし煙草は健康に悪いと言われて禁煙もしたし度の過ぎた飲酒もいけないと言われて酒の量も減らした。ちょうど三か月が過ぎて芳恵が私は二十五歳までには結婚したいと言い、孝光はお試しに合格したことになった。二人は彼女の二十五歳の誕生日に入籍し孝光が二十九歳になっていたその夜ベッドで、

「三十歳までには子供を一人産むからね」と芳恵は言った。

芳恵は孝光と同じように福島県双葉郡双葉町で生まれ育って厚生病院の看護師をしていたので職場の様子を見ながら出産の計画を練り上げ看護師長に相談して二年後には出産することを決めた。そのころには職場に入った新人看護師の何人かも仕事に慣れて彼女が産休・育休を取るあいだの補いができるようになるだろうと考えた。芳恵は基礎体温を計ってカレンダーにいくつかの○印をつけ今日は二回目の○印の夜で孝光は晩酌を禁じられてしらふで夕食をすませ風呂に入ってきれいに体を洗いベッドに入った。芳恵はすでに刺激的な匂いの香

水を体に振りかけ灯を小さくしていて孝光は彼女の柔らかな体を引き寄せた。

芳恵の卵巣からはもっとも成長した主席卵胞の中のとても質のいい卵子ベータが卵胞を破って卵巣を飛び出し卵管膨大部《ぼうだいぶ》に納まっていた。大きさは〇・二ミリ、透明体で包まれ周りを卵丘細胞が囲んでいるこの女王を手に入れることができるのはたった一つの精子だけだ。いつの間にか孝光の陰茎の海綿体には血液が満ちて芳恵の膣に挿入され激しい運動を繰り返しやがて陰茎の先からはカウパー腺液が滲んだ。芳恵のあえかな喘《あえ》ぎ声や薄明りの中のせつなげな表情が彼の脊髄の射精中枢を刺激し尿道括約筋と海綿体筋をせわしなく収縮させ孝光は低く呻いて深い息を吐いた。**二人の交合は激しかったが子作りでいちばん大事なのは俺であることを忘れるな。**アルファは五億の精子たちと勢いよく放出されレースが始まった。膣の中は細菌やウイルスを防ぐためにPH五ほどの酸性になっていて精子は酸に弱くPH五・七で死んでしまいアルカリ性で活動的になる。早く子宮頸管に入らなければならないのでアルカリ性のカウパー腺液が洗ってくれた通路をミトコンドリアのエネルギーで尾を回して懸命に進んでいく。それでも一センチ進むのに八分かかるのは卵管口から卵子を子宮へ移動させるための繊毛《せんもう》運動がありその流れに逆らわなければならないからで、もうこの段階で多くの精子が脱落し動いているのは二〇パーセントぐらいしかおらずアルファは先頭集団に入っている。**俺は生殖能力だけじゃなくスタミナもすごいぜ。**

見つけた、ベータがいた。アルファは尾を回す速度をはやめる猛烈にはやめる、やがて先頭集団から抜け出してアルファはトップランナーとして独走し膣の隧道《ずいどう》を必死で進み、アルファはベータにたどりつき三角形のドリルのようになっている頭部の先体からタンパク質を分解するアクロソームを吹きかけながら錐揉《きりも》み状にベータに穴をあけだんだんベータのタンパク成分を溶かして穴をあけていく。**入った！** ベータはアルファの酵素に刺激され爆発的な亜鉛の火花を放ち青い光を打ち上げ花火のように鮮やかに閃《ひらめ》かせた。それを合図にベータはアルファ以外の精子が入らないように全身を防御しあとからたどりついた精子たちははかなく消滅していく。**悪いな残骸たち、俺と勝負したのが不運だったんだよ。**アルファは芳恵の卵子ベータと一つになりアルファの二十三本の染色体とベータの二十三本の染色体は一つになる。そしてアルファとベータはシータになりシータは卵管に入った。孝光は部屋を出て庭でこっそりと隠してあった煙草を吸って闇の中で蛍のように小さな光を明滅させ芳恵はカレンダーの○印を◎にした。彼女には手応えがあったのだ。

しばらくしてシータはまるで耳元で神の囁きを聴いたように恍惚と身震いし最初の細胞分裂をして細胞が二つになった、それからまたふたたび陶然となって細胞分裂し細胞が四つになった、それからまた細胞分裂し細胞が八つになった。それぞれの細胞には孝光と芳恵の染色体がきちんと納められていてシータは細胞分裂を繰り返しながら一週間ほどかけて桑実胚《そうじつはい》になり子宮の中へ入ったのは受精から十日目だった。シータはサーモンピンクの内膜《ないまく》に舞い降りた。ゼリーのように柔らかな小さな球体の細胞の塊——それが子宮に着床したシータだった。

　シータは子宮の内膜に埋まって栄養膜から絨毛《じゅうもう》突起を伸ばしそれが芳恵の血管とつながって胎盤が育ちシータの周りには羊膜が作られその中に羊水が満ちる。羊水はアルカリ性で九九パーセントは水で残りの一パーセントが電解質、アミノ酸、皮質。初期の羊水は芳恵の血液とシータの皮膚から滲んだ液体でできているがしばらくするとシータの尿が多くなり呼吸器を訓練するためシータは羊水を飲みそれは腎臓を経てまた尿となる。**尿と言ってもきれいなもんだ。**やがて芳恵の食べたものから羊水が作られるようになる。シータにとってここは海であり、ふるさとである。着床してからしばらくのシータの発達は魚とあまり変わらないが十二週もするとヒトの姿になっている。**なんだか妙なかたちが育ってきて俺はこいつの中に溶けていく気がする。しかしこいつとうまくやっていくしかないんだ。**このころになるとシータは臍帯《さいたい》で胎盤と結びついて芳恵の血液中の酵素や栄養分を受け取っている、シータと彼女はもう親子なのだ。カレンダーにつけられた◎の夜から芳恵は注意深く体の変化を観察していてきちんと二十八日周期でやって来る月経が一週間遅れていることを確認したときには柔らかく口角をあげた。次の夜勤明けの日に親しい産科医が営んでいる病院に行って検査をしてもらい診察が終わって病院を出た彼女は歓びを隠し切れず、

「ビンゴ！」と小さく叫んだ。

孝光はその夜の夕食で缶ビールをいつもより一本余分に呑んでもいいことになった。何かいいことでもあったのか訊く孝光に芳恵は意味ありげな眼差しで、

「ビンゴよ、ビンゴ」と言った。

孝光は、そうかと呟いたのだが彼には自分が父親になる実感が全然なくそれより缶ビールを余分に呑めることのほうが嬉しかった。**人間界の酒呑みと言われる男はたいていそういうもんらしい。単純な奴だ。**特に孝光は父親の血を引いていて酒にだらしなく呑ませておけば一日中でも呑んでいたし家の仏間に飾ってある曾祖父からの写真を見れば柏木の家の男はみな一升口の顔をしていた。シータは順調に成長して細胞のあちこちに突起が生まれ脳、内臓、手足が作られ臍帯の上にある膨らみは心臓になり頭の頂から下に額と鼻ができ脳から下がった一組の管の先に眼が現れその両側へ突き出すように頬が作られ上唇と上顎ができて下唇と下顎ができた。これで顔の完成だ。**どこやら孝光に似ているのは幸か不幸か。**下顎の隣にえらがあるのはヒトが魚だったころの名残りであり足の先で膨らんでいる卵黄胞はヒトが卵生だったころの名残りである。体は脊髄を中心にして左右対称に広がってシータは手足を伸ば

して子宮壁を押し五本に分かれた指の一本を口に入れたりして遊びそのたびに芳恵は腹に手を当てて微笑んだ。耳も聴こえるようになってきて芳恵の声は少し高いので聴き取りやすく孝光は低い声でぼそぼそ喋《しゃべ》るから聴き取りにくい。芳恵はシータが手足を伸ばすと、

「元気だねー」と話しかけた。孝光は触ってみるかと言われまっすぐ腹に掌を当てて無言で頷くだけであまりシータに関心がないようだった。**結構、俺もこいつには関心がない。**

シータがヒトの牡《おす》の証である陰嚢《いんのう》や陰茎もできて羊水に溶けた食物の匂いが分かるようになりそれが甘かったり苦かったりするのも分かった。受精から五十日もするとシータの体の骨組みもできあがりあばら骨が浮き出てきてやがて顔立ちも分かるようになった。芳恵は産科医にもらったエコーの写真を見せて、

「ほら、顎のあたりがたかちゃんに似てる」と言った。

孝光は写真に顔を寄せて、

「誰の子だ?」と言った。

人間にはユーモアというものがあるらしいが、孝光のセンスは最悪だったようだ。芳恵はくりっとした眼から強い光を放ち恐ろしいほど不機嫌な表情になりそれから数日のあいだまともに口を利《き》かなかった。臨月まで職場で働くつもりだった芳恵は腹の中にヒト一人を抱えあっちが痛いここが苦しいと訴えてくる人々の世話をするだけで手一杯で夫のことをかまっ

てやれず孝光はよく酔っ払って遅く帰るようになり日曜日もほとんど家にいなかった。芳恵の女の勘はそういうときでも冴えていてある日曜日孝光がいつも通りゴルフに行くと出かけたあと一人でバスに乗った。外は明るくシータは光を感じるようになっていたので瞼を閉じ眠くなって欠伸をした。厚生病院で降りて歩いて数分のアパートを訪ねるとくずれた色気のある気怠そうな細面の中年の女が顔を見せたので芳恵が、孝光はいるかと訊くと女はぱっと笑顔になり、

「ああ。妹さんね」と言った。「いまちょっと買い物に出てるけど」

芳恵はぐっと腹を突き出して努めて静かな声で、

「妹の腹がこんなことになりますかね」と言った。

芳恵は女を押しのけて部屋に入りソファーにどさっと重い体を預けた。それからしばらくして戻って来た孝光は女と芳恵が向かい合っているのを見て何が起きているのか分からないという表情でレジ袋を持ったまま立ち尽くし芳恵はバッグから光るものを取り出した。手術用のメスである。**これが脅しじゃなかった、芳恵は腹を括ってたんだな。**

「別れるんなら、このまま帰る。嫌なら、あんたのあそこを切り落とす」

彼女の声には微塵も迷いがなく強い覚悟の響きがこもっていた。**そういうことさ、俺の母親はヒトの牝《めす》としてたいしたもんだ。**

「別れる」

反射的に孝光は応えたがこういうときためらわない程度には孝光も愚かではなかったわけであり女はちょっと恨めしそうに眉をひそめた。**これはちょっと艶があって、俺も孝光の気持ちが分かったな。**孝光は酒にだらしないばかりか女にもだらしなくアパートの女は小料理屋の女将で何年か前に夫に死なれて一人で店をやっていて孝光はあまり喋るのは得意ではないが人の話を聴くのは苦にならないので女が暖簾《のれん》をしまってからいろいろと愚痴を聴いてやっているうちに深い仲になってしまったのだ。**ヒトの牡と牝のあいだじゃよくあることらしい。**それから孝光は芳恵から禁じられて夜の外出を控えるようになり酒も缶ビールを一本だけに制限されたがこれは彼に非があるのだからしようがない。

それからしばらくのちの深夜寝ていた芳恵が、

「あっ」と小さな声をあげた。

孝光が気づかずに眠っていたら芳恵は孝光を揺り起して、

「車、出して。早く、車」と言った。子宮から羊水が漏れ出て彼女のパジャマの太腿あたりを濡らしていた。

外へ出ると風花の散る寒い夜で街灯の明かりにちらちら白いものが光っていて孝光はダウンコートをはおった芳恵を支えながら車の助手席に乗せ病院に着いたら玄関の灯が点いてい

て看護師が迎えに出ており芳恵は病室に案内されベッドへ横になった。

「陣痛の間隔は？」と看護師が訊いた。芳恵が応えると、

「すぐ先生が来ますからね」と病室を出て行ってやがて白衣をはおった男の医者がいかにも寝起きの顔で入って来て芳恵を診察して、まだですねと病室を出て行った。芳恵は壁に手をついて痛みをこらえ孝光は何も言われなかったが彼女の腰のあたりを摩《さす》ってやりそれから一日近く同じ状態が続いた。**俺は外に出たくなかったんだ。**孝光は居眠りし翌日の夕陽が窓から射し込むころ、

「ナースコール」と芳恵が呻いた。「ナースコール！」

ああ。孝光は眼を覚ましてベッドの枕元にあるナースコールのボタンを押し看護師が来て、

「そろそろね。歩ける」と訊いた。芳恵はベッドから降りて孝光の肩を借りて分娩室へ向かった。

「立ち会います？」看護師に訊かれて無言で孝光は頷くと白衣を着せられた。

青い手術着に着替えた医者が入って来てそれから二時間近く芳恵は歯をくいしばって唸り声をあげた。**俺はどうしても子宮を出たくなかった、芳恵の子宮はものすごく居心地がよかったんだ、こんなにいいふるさとがほかにあるか？**しかし周りは何とか引きずりだそうとする。彼女は孝光の手を握っていたのだが孝光は手を握りつぶされるかと思った。

「よし、最後！」医者が声をかけ芳恵がいきみ羊水や体液で斑《まだら》になった赤く小さな肉の塊が一気に引きずりだされた。

二〇〇四年十二月五日にシータは生まれて三七兆個の細胞の塊は光一と名づけられそれから正確に二年後妹の由香が生まれたのは芳恵の周到な出産計画の成果だった。

そしてシータの住むふるさとにあれが起こった。

あれのせいで生物がどのような影響を受けるのか一番よく知っているのはわたしだとすでに死んでいる細胞のオメガは暗唱できるまでになった記録について語り始める。

茨城県東海村の核燃料加工施設「ジェー・シー・オー（ＪＣＯ）東海事業所」は東海村と那珂町との境の国道六号線から少し入ったところにある。一五ヘクタールあまりの敷地の周囲には飲食店や民家が点在している。このＪＣＯ東海事業所に作業員として勤める大内久《おおうちひさし》は、いつもどおり午前七時に職場に出勤した。

大内は三五歳。妻と小学三年生になる息子がいる。息子の小学校入学にあわせて実家の敷地に家を新築し、家族三人で暮らしていた。

几帳面な性格の大内は毎日午前六時には起きて、六時四〇分には家を出た。一日一箱の煙草を吸い、午後五時過ぎに帰宅したあと、焼酎の水割りを二杯ほど飲んで、九時には寝る。それが大内の日常だった。

一九九九年九月三〇日。この日も、そうしたいつもと変わらない一日になるはずだった。

この日、大内は午前一〇時に事務所内の転換試験棟という建物で作業を始めた。核燃料サイクル開発機構の高速実験炉「常陽」で使うウラン燃料の加工作業だった。

大内にとって、転換試験棟での作業は初めてだった。上司と同僚の三人で九月一〇日から作業に当たってきて、いよいよ仕上げの段階に来ていた。大内は最初、上司の指示に従い、ステンレス製のバケツの中で溶かしたウラン溶液をヌッチェとよばれる濾過機で濾過していた。上司と同僚は濾過した溶液を「沈殿槽」という大型の容器に移し替えていた。上司はハンドホールとよばれる覗き窓のようになった穴にロウトを差し込んで支え、同僚がステンレス製のビーカーでウラン溶液を流し込んだ。濾過の作業を終えた大内は上司と交代し、ロウトを支える作業を受け持った。

バケツで七杯目。最後のウラン溶液を同僚と流し込み始めたとき、大内はパシッという音とともに青い光を見た。臨界に達したときに放たれる「チェレンコフの光」だった。その瞬間、放射線のなかでももっともエネルギーの大きい中性子線が大内たちの体を突き抜けた。

オメガが東海村の記録を語るなら俺はチェルノブイリの声を聞かせてやろう。

ともだちがいました。アンドレイ。彼は二回手術をして家に帰された。半年後に三回目の手術が待っていた。アンドレイは自分のベルトで首を吊って死んだ。だれもいない教室で。みんなが体育の授業に行っているすきに。走ったり、跳んだりすることは医者に禁じられていたんです。

ユーリャ、カーチャ、ワヂム、オクサーナ、オレグ。今度はアンドレイ。アンドレイはいった。「ぼくらは死んだから、科学になるんだ」。カーチャは思った。「私たちは死んだら、忘れられちゃうのよ」。ユーリャは泣いた。「私たち、死ぬのね」。いままでは、空はぼくにとって生きたものです。空を見あげると、そこにみんながいるから。

オメガとシータの話は長くなるので少しずつ紹介していくことにして成長した三七兆個の細胞シータ、つまり光一はどのような少年になりどのような生活を送っているのか。まだ九月になって間もなく夏の余熱が残っている日の午後に学校から家に帰った光一はキッチンで豌豆の筋を取っている芳恵から、お帰りと声をかけられただいまと言い置いて自分の部屋に入った。暑かったので学生服の上着を脱いでリュックやスマホとともに、くしゃっと青いタオルケットが丸まっているベッドへ投げやり傍らの椅子に坐って勉強机の上のパソコンを開いてスカイプを立ち上げた。やがて腫れぼったい瞼をし涙袋の下に隈のできた疲れた様子の

瀬尾が映って、

「何の話ですか？　スカイプでって」と光一が訊くと、ちゃんと顔を見て話したかったんだと瀬尾は言い、落ち着いて聴いてくれ……武志さんが死んだと言った。

　瀬尾は武志が数か月前から鬱病を発症していて一昨日発作的に裏山で首を吊ったらしいと話しているのだが光一にはその声が遠く聴こえ最初に一時立ち入りが認められたときの風景が見えていた。光一は子供だったので同行が許されなかったから孝光がビデオカメラに収めてきたのだが、故郷の双葉町は朝だというのに真夜中のようにしんと静まり返っていてまっすぐ伸びた道路の両側にある家もひっそりしておりまるでよくできた映画のセットの中に佇んでいるような錯覚に陥ったのはまったく人がいないせいだった。何もかも事故の前と同じ風景なのに人だけがおらず、町の鼓動が停まっているのだ。それは自然に停まったわけではなく眼に見えないあれが爆発的に満ちて町の鼓動を停め眼に見えないあれは武志に絡みついてじわじわと首を絞めてその鼓動も停めた。町も武志も、そして眼に見えないあれにやられた。

「地図は、どうするんですか？」光一は訊いた。

「え？」瀬尾は意外そうな声を出した。彼は光一がショックを受けていると思っていたからだがもちろんその通りでしかしだからこそ光一は地図のことを口にしたのだ。

「双葉のフクシマップは、どうするんですか？　僕は作りたいです」

「ＮＰＯの代表は、僕が代行で引き継ぐことになった。君がやると言うんならやろう。計画は続行だ」

武志はあの震災のあとカリフォルニアでの留学から帰国して地元の葛尾村《かつらお》にＮＰＯフクシマ・ネオの事務所を構え志を持った人々が集まって眼に見えないあれに対抗して新しい福島を創るためのチームができた。武志が身につけたパーマカルチャー（永続する農業）の知識や技術を活用して放射能による汚染を前提にした農業を積極的に推し進めようとしていてフクシマップはフクシマ・ネオのプロジェクトの一つで帰宅困難区域の特別な地図を作ってネットに上げ世界中の人々が見られるようにする。武志は「思い出で原発に対抗する」と言っていた。普通の地図は時間のない単なる地理的な記号の集まりだがフクシマップはそこに生活していた人の記憶や夢が凝縮され時間が層を成した小宇宙になるのだった。武志は光一を双葉町のプロジェクト・リーダーに指名し、しかし中学生一人では大変だろうからと瀬尾をサブ・リーダーにつけてくれた。

「いつからやる？」

光一は壁のカレンダーを振り返り少し考え次の日曜からやることにした。

「まず、双葉町の住宅地図を確保することだな。俺は手一杯で手伝えないけど……」

「分からないことがあったら相談します」光一はスカイプを終えた。

光一は椅子から立ち上がりまた坐り結局また立ち上がってキッチンへ行った。避難生活が始まってからはときどきスーパーのパートに出かけるがほぼ専業主婦とやらに納まった芳恵は豌豆の筋を取り続けていてひどく喉が渇いていた光一は冷蔵庫から牛乳パックを出してそのまま一息に飲み牛乳パックを持ったまま立ち尽くして、

「武志さんさあ、須賀武志さん。葛尾村の」とわざとひどく間延びした声を出した。「死んだよ。自殺だって」

芳恵の手が止まり光一を振り向いて見つめた眼差しが何かを問いかけている。

「地図は作るから、双葉町の地図」

芳恵は何か言いたそうにしていたがどこか戸惑っているような表情が煩わしかったので自分の部屋に戻り勉強机の椅子に坐った。そしてすぐ立ち上がり大きな紙はないか探したけれどなかったので壁のカレンダーを破ってコミックやポテトチップスの袋を片隅に押しやり空いた床に置いて裏の白いところに赤いサインペンで北海道を描いた、本州を描いた、四国を描いた、沖縄を描いた、福島の双葉町の位置に「・」をつけた。こう見ると日本もけっこう広く双葉町の避難者は全国にいるのでその人々を訪ねるのは時間もいるし資金もいるが光一はフクシマ・ネオの一員だし何より武志との約束なのでやらなければいけない。光一はサ

インペンをボールペンに持ち替えてこれからやるべきことを書き出していった、地図の確保、避難者への連絡、そして取材。自分だけでなくほかのスタッフにも指示をして作業を進めていかなければならないと思うと憂鬱で気持ちが沈んだ。具体的な作業を想像するだけで苦痛で仕方なかった。夕食のカレーを食べているときも風呂に入っているときもずっと考え込んでいてベッドに入っても光一はなかなか眠れず眼を閉じたら一つのことが頭の中をぐるぐる巡っていた。それはまだ小学校へ上がる前にお父さんの働いているところを見たいとせがみ原子力発電所の傍まで車で連れて行ってもらったときのことで孝光は原子炉建屋を指して、あの中には太陽があると言い、俺たちは太陽を創って電気を搾り取るんだと言った。光一は真っ黒な壁の原子炉建屋の中に太い鎖で床に繋がれた太陽が浮かび燃え盛って赤い何かを滴らせながらもっと上へ浮かぼうと鎖をがちがち鳴らしているのが見えたのだがその太陽が網膜に焼きついたようにくっきり映り眼をつぶっても消えない、そうしているうちに太陽が武志の顔になって大爆発した。不意に息が苦しくなり激しい動悸がし呼吸ができなくなって部屋が回り始め不安に駆られてドアのノブを回して外へ出ようとした途端眼の前が真っ暗になって意識が途切れた。気づいたのは芳恵の呼ぶ声で倒れている光一の背中を撫でながら、「深呼吸して」と芳恵は言った、「鼻からゆっくり吸って、口からゆっくり吐いて」

光一は言われるままに一つ息を吸って一つ吐いて何度もそれを繰り返しているうちにだん

だんだん呼吸ができるようになってきた。

東日本大震災：福島第一原発爆発　高濃度放射能漏れ　稼働停止の4号機爆発

経済産業省原子力安全・保安院は15日、東日本大震災で被災した東京電力福島第1原子力発電所4号機で午前6時ごろ、大きな爆発音がして、原子炉建屋が損傷したと発表した。屋内にある使用済み核燃料プールで水素爆発が起きた模様だ。隣接する3号機付近で、午前10時22分、1時間で一般人の年間被ばく限度の400倍に匹敵する400ミリシーベルトの放射線量を記録した。菅直人首相は同日、第1原発から半径20〜30キロ範囲内の住民に屋内退避するよう求めた。また、同原発2号機では、同6時14分ごろ、水蒸気を水に変える原子炉格納容器につながる圧力抑制プール付近で爆発音があり、格納容器が損傷した恐れがある。（中略）

きわめて高い放射線量が確認されたのは、3号機付近。4号機付近の放射線量は1時間あたり100ミリシーベルトだったが、枝野官房長官は会見で「2号機での爆発の前後では放射線量に大きな変化がなく、3号機付近の放射線量の上昇は、4号機の爆発によって出たと考えられる」と述べた。

枝野官房長官によると、4号機の爆発当時、原子炉を冷やす注水作業のため、約50人の作業員が周辺にいた可能性がある。

人が短時間に極めて高い放射線を浴びると、細胞がそのエネルギーで破壊されたり、ＤＮＡが壊れるなど、深刻な健康被害が出る。放射線の被ばく量を示す単位はシーベルト。99年に茨城県東海村の核燃料加工会社「ＪＣＯ東海事業所」で起きた臨界事故では、作業員が最大約20シーベルトの放射能にさらされ、２人が死亡した。『毎日新聞』２０１１・03・15　西部夕刊

地震が起きたとき光一はまだ小学校の一年生で芳恵が引き取りに来てそれから妹の由香の保育園へ向かい家に帰ると食器棚が倒れて割れた皿やコップが散乱しＴＶもオーディオも転がっていたので芳恵は子供たちに手を出さないように注意して割れ物を片付け始めた。発電所にいる孝光とは連絡が取れなかったが夜になるとようやく孝光から電話があり今夜は帰れないから余震に注意していつでも逃げられるようにしておけと言われた。翌日の朝になって急に孝光が戻って来て原発で事故が起きたから逃げると車を出しほとんど荷物は持たずにトランクには着替えを少しと家族分の毛布を積んだ。運転席の孝光も助手席の芳恵も一言も喋らなかったので後ろの座席で光一は何となく両親の深刻な気配を察していたが由香はドライブだとはしゃいでいた。**人間の幼い子供はそういうものらしい、つまりこんなときでも危機意識が希薄ってことだ。**道路はひどく渋滞しており孝光は誰かとひっきりなしに電話をしていてようやく郡山の避難所に着いたのは夜のことで途中コンビニに寄っておにぎりとペット

ボトルのお茶を買って食べただけだったので光一は空腹だった。**彼の年齢でこの程度の食物量では全身の細胞に栄養が行き渡らない。**由香はもう眠っていて彼らは家族ごとに塊を作っている避難者のあいだに場所を取ってそれぞれ毛布を被って横になった。朝になって眼が醒めると芳恵はすでに起きていて支援物資の餡パンとペットボトルの水を確保していた。多くの母親たちと同じように彼女はこんなときでも母親としての仕事をしていたのだ。**動物の母親はみんな偉大だ。で、父親は役立たず。**家族はほかの避難者に交じってひっそりと簡素な朝食を取りそこで四日間過ごして避難所をさいたまアリーナに移り千人を超える人々と一緒になった。うちに帰らないの？　と光一が訊くと、まだ帰れないと孝光は険しい表情で応えた。彼らが暮らしていたのは福島第一原発から四キロも離れていないところで家を新築してまだ数年しか経っていなかった。すぐ帰れるわよと芳恵は微笑んだがそれは力ない微笑みで由香は早く帰りたいとぐずり、光一も頷いた。しかしそれから彼らは三月の末までそこで過ごし加須《かぞ》市にある高校の体育館へ移った。結局四月の終わりに双葉町は警戒区域となり立ち入りが制限されことになって年間五〇ミリシーベルトもの放射線量が確認され人の住める場所ではなくなっていた。孝光と芳恵は毎日話し合っておりときにどちらかが昂《たかぶ》りどちらかが投げやりになったが芳恵のほうが冷静だったのは彼女の性格による。いや、それだけじゃない。**多分ヒトの場合、牡よりも牝の方が成熟してるんだ。**それで五月に入ると福島県の補助を受けていわき市にアパートを借りたが孝光も芳恵も仕事はなくただ孝光が東京電力から最低限の生活費は受け取っていた。孝光は昼間から酒を飲むようになりもともと彼女は孝光が酒にだらしないことを嫌っていたので（舅の光吉のそういうところも嫌いだった）芳恵はそういう夫に眉をひそめた。光一はいわき市の小学校へ通い始め由香は保育園へ入り芳恵は看護師はもうしんどかったので近くのスーパーでレジ打ちのパートをした。双葉町へ帰れないことは由香を除く家族の誰もが分かっていたが誰も口にしなかった。**これは暗黙の了解というやつだがそこにはもしかしてという願いもあったんだな、人間はほかの生き物と違ってそう簡単にふるさとを捨てられないようだ。**一時立ち入りが認められると家に帰って衣類や生活の小物や必要なものを持ち帰って孝光は念入りに窓ガラスを磨いたり床を拭いたりして家をきれいにしたがそれは未練とは違っていてそうしなければ気がすまなかったのである。

孝光は光吉のあとを継いで先祖の土地を譲り受け高校を卒業してからは母・品子《しなこ》と一緒に農作業をするようになっていたが米を作るだけでは生活が立ち行かなくなりやがて孝光は双葉町の多くの人と同じように知人の紹介で東京電力へ勤めに出た。東京へ出稼ぎに出るには家族と離れなければならないが地元で職を得ることができれば男ひとりで侘しい暮らしをしなくてもよかったし、光吉が死んで間もなく品子が脳溢血を発症して介助がなければ生活できなくなったからだ。初めは芳恵が看護師の仕事をしながら面倒を見ていたが何度か発作を起こして寝た切りになり孝光は田畑の一部を売って老いた母親を介護施設に入れた。光一が小学生になったのでそれまでの古い家を解体して家を新しく建て直す話が出たとき芳恵はどうしてもシステムキッチンを入れたいといって家を新しくする計画は少しずつ膨らんで先祖伝来の土地はそれに従ってさらに狭くなっていった。やがて新しい家ができあがって家族それぞれの個室があり介護施設の品子が帰って来るときには介護用のベッドを入れた広い客間に寝泊まりした。もったいないと品子は口癖のように言い、贅沢じゃないさと孝光は言った。母ちゃんも苦労してきたんだから。発電所を定年まで勤めあげればあとは退職金と残った田畑の収穫で暮らしていく生活の設計ができていて彼らはそれ以上のことは望んでいなかった。

震災の二年後に双葉町は人が住めない場所と政府が認定して帰宅困難区域になりそれで心の区切りがついたのか孝光は仕事を探すから姉夫婦の暮らしている栃木へ引っ越すと言い出した。ここでいいじゃないのと芳恵は言った、せっかく光一も学校に馴れたんだし。双葉町はいわき市に事務所を設けて役場の機能をそっくり移し翌年からは町立の小中学校を開校する運びにもなった。嫌なんだと孝光は言った、新しくやり直したいんだ。孝光は子供たちのためにも栃木へ引っ越したほうがいいと退かず、芳恵は気乗りしなかったが孝光はどうしても行くつもりだった。孝光の姉の夫は小さな不動産会社を営んでいてその気があるなら手伝って欲しいと申し出て当面会社の持っているマンションに住んでもいいとも言ってくれた。

夫がウイスキーの残りを台所のシンクに流してもう呑まないと約束したので仕方なく芳恵も折れたのはその程度には彼女にも夫への情愛が残っていたのである。光一が引っ越すのが嫌だったのは相馬俊輔《しゅんすけ》という双葉町からの幼馴染がいたからで光一は神経質だが相馬は伸びやかで彼のことを包んでくれるし一緒にいるとともかく居心地がよく切手集めの趣味も同じ。**光一の年頃にとって友達が家族に等しく大切な存在なのは人間だけじゃなく高等生物ならみんな同じさ。**彼の家族もいわき市へ避難していて小学校は違ったが一緒によく遊び彼の家では柴犬を飼っていて訪ねると親しげに迎えてくれた。光一は成績がよかったし毎日のように通ってくるが図々しくないきちんと躾けられた子供だったので印象がよかったし互いに集めた切手の話をしたり宿題をしたり親から見れば好もしい交流をしていたので相馬の母親も歓迎した。光一のアパートは狭かったのでほとんど相馬は来なかったが芳恵は息子から聴いてやはりいい印象を持っていたから友達と別れるのは嫌だから栃木へ引っ越したくないと抵抗するのを無理もないと納得したがそれでも子供のことだからすぐに新しい友達ができるだろうと思った。彼女にとって子供は大切だったが夫が酒をやめて新しい仕事に就くことのほうがこのときは優先順位が高かったので言葉を尽くして息子を説得した。ここにいるとお父さんはだめになるというのがいちばん効いたのは光一が優しい子だったからだけでなく学校から帰ると酒臭い息をさせてテレビのリモコンを持ってだらだらしている孝光の姿を見るのは愉快なものではなかったからだ。**息子にとって父親がヒーローじゃなきゃならないのは哺乳類の常識だから人間もそうなんだろう。**

引っ越すことが決まって光一は切手帖を持って相馬の家へ行くと引っ越しのことを告げた。栃木は遠いなと相馬は言い、光一は切手帖を差し出して、これと言った。くれるの？ちょっと待ってて。相馬は奥へ引っ込んでしばらくして現われ、これと自分の切手帖を差し出した。それから数週間して引っ越しのトラックの後ろについて孝光の運転するヴィッツが走り出し自転車に乗って見送りに来てくれた相馬は車が走り出すと自転車であとをついて来て車がスピードをあげるにつれてがむしゃらに漕いだ。光一は窓から顔を出して彼の姿が見えなくなるまで痛くなるほど手を振った。

人間の国家じゃ国民を欺くのが義務らしい。

あなた方は……あなた個人というわけじゃないが、新聞に書いておられる。共産主義者が国民をだまし、真実をかくしたのだと。しかしわれわれにはそうする義務があった。中央委員会や党の州委員会からの電報で、われわれは課題を与えられたのです。パニックを許すなと。パニックは、実際恐ろしいものです。当時チェルノブイリの報道が監視下に置かれたが、過去には戦時中に前線からの報道がこのような監視下に置かれたことがあっただけです。われわれには義務があった……

被曝、心配し過ぎないで　専門家ら呼掛け　ヨウ素剤誤用も　福島第一原発事故

「ここで被曝検査してもらえるって、聞いたんですけど？」

18日午後、高度な被曝医療を行う放射線医学総合研究所（千葉市）の裏門。福島県いわきナンバーの乗用車から、若い女性が降り、警備員に叫んだ。車内には、家族連れらしき三人が残り、後部座席には荷物がぎっしり。その後、警備員に案内され、正面玄関に回った。直後にも、いわきナンバーの車が一台到着し、検査について警備員に尋ねていた。

放医研には被曝量を調べる検査などへの問い合わせが殺到している。19日までに1千件以上の電話があり、6回線がふさがる状態に。関東地方に住む人からの問い合わせもあるという。

放医研は、原則的に一般向けの検査はしておらず、原発近くにいた人で、一度も検査を受けていない人に限って、例外的に検査をしている。

放医研の明石真言・緊急被ばく医療研究センター長は「原発の30キロ圏内の住民でも、除染が必要なレベルの放射線が検出されたのは、原発のそばを歩いていたなど、ごく例外的な場合だけ。圏外の住民は現状では検査は必要ない」と訴えている。

日本放射線学会も18日、現状で健康への影響が心配されるのは、「原発の復旧作業のために尽力

している方々だけ」として、冷静な対応を求める声明を出した。『朝日新聞』２０１１・03・19東京夕刊

双葉町の原発が爆発した直後、政府の枝野官房長官は、「ただちに健康被害はない」を繰り返していたっけ。パニックを恐れたとみえる。

光一は双葉町の住宅地図を探すところから始めその日は朝から部屋でパソコンを開いて市立図書館の蔵書を調べたが福島県の住宅地図はなく県立図書館にもなかったのでスマホを手に取り市立図書館に電話をかけた。

「……あの」と光一は言った。「福島県の、双葉町の住宅地図、探してます、ゼンリンのやつです」

少し間があって、

「それですと国会図書館ですね」と電話の相手は言った。時差のある海外と会話をしているようだった。

今度は国会図書館に電話をかけ彼が求めているものがあることは分かったが国会図書館は普通の図書館と違って利用証をもらうために身分を証立てるものが必要で相応の手続きをし

なければならなかった。

「東京へ行くの？」と芳恵は訊いて保険証と交通費を出してくれた。

家を出ると空は真っ青で消えかかった飛行機雲が一筋かかっていてふと振り返ると芳恵が玄関でこちらを見ていたので彼は何となく手を挙げて応え芳恵も自然と手を挙げた。光一の家は中古の戸建てで小広い庭があって芳恵は家庭菜園を作っているのでこれから手入れをするのだ。バスが来てステップに足をかけたらふと武志が見ていると感じそんなことは初めてだったので妙な感じがしたが背中を押されてステップを上がった。宇都宮駅に着くとリュックから国会図書館へ行く経路をプリントした紙を取り出して切符を買った。電車はけっこう混んでいて乗客の大人たちに揉まれているのは不快で中でも彼らが放っている人間の臭いが不快でもっと離れてくれよと心の中で思い駅で止まるたびに人が乗って来て彼は奥へ押し込まれいつか乗降口の窓に押しつけられていた。この人たちはどこから来てどこへ行くのだろうと思ったらいつかカラオケで孝光が自棄気味にがなり立てていたどのような人にもふるさとはあるのだと歌った五木ひろしの歌が思い出されずっと頭の中をぐるぐる回っていた。

東京駅まで出て有楽町線で永田町駅へ向かい駅の階段を昇って地上へ出ると青空の下に灰色の大きな建物が並び交差点には警官が立っていて道路沿いには窓に鉄の網を嵌めたいかめしい警察の車両が並んでいた。ここが日本の重心だと言わんばかりの重量級の建物の並びの中に気取ったロケットの先端めいたかたちが見えあれが国会議事堂だろうと見当をつけ、なぜあの建物の中に太陽を浮かべなかったのだろうかそうしていれば双葉町の鼓動が停まることはなかったとふと思った。初めて見る風景の中を光一は国会図書館への経路がプリントされている紙を縦にしたり横にしたりしながら確かめて歩いて一度だけどの道を歩いているのか分からなくなって、国会図書館どこですか？　と生まれつき着ていたとしか思えないほど制服の似合う日焼けして歯が白い若い警官に訊いたら彼が手にしている紙を見ながら親切に教えてくれた。**ゴリラのボスは力の拮抗するものを退けて、素直に命令を聞くすぐれたものをそばに置くが人間も同じようだな。**やがて国会図書館の灰色の建物が見え本館の入口を入ると年配の男の警備員がゆっくり近づいて来たので利用証をもらいたいと告げたら別館を案内された。本館の玄関を出てすぐ近くにある別館に入り案内の女の職員に書類を示されそれを記入して保険証と一緒に窓口へ出した。傍らの長椅子に何人かが腰を下ろしていて待っていたので彼は人々と少し離れたところに坐りしばらくすると名前を呼ばれた。プラスティックのカードをもらって本館へ戻りさっきの警備員が見守るようにこちらを見ている中カードを通行口にかざして中へ入って傍らにいた若い女性の職員に住宅地図をコピーしたいと言うと地図室を教えられエレベーターで四階まで上がった。地図室はそれほど広くなく古書に特有の微かな匂いがして仕事の調べ物らしい男や女が何人か机に住宅地図を広げていて光一は本棚を見回して福島県の住宅地図があるところを見つけたがそこには双葉町の地図がなかった。カウンターの向こうにいる男の職員に訊いてみると手前の机の上にあるコンピュータを示して、

「これで申し込むと書架から出してきます」と言った。

言われた通りに手続きをするとやがて男が持って来たのは二〇一〇年度の『双葉郡北部浪江町・双葉町・大熊町・葛尾村』の版でその年以降のこの地域の改定版はないのだ。光一は空いている机で双葉町の箇所だけを選んでカウンターに置いてあった紙の栞を挟みコピーの申請書を記入して小一時間ほどで作業が終わって女の職員に、

「これ、コピーしたいんですけど」と言うと一階の複写コーナーを教えられた。

光一は地図を持ってエレベーターで下へ降り複写コーナーへ行って何人かが並んでいる列に加わり自分の順番が来て住宅地図を出すと職員証を首から下げた太った女の職員が鷹揚に栞と申請者を照らし合わせて、

「重複しているところはいいですね」と申請書を修正したので欠けているところがあると困るので光一が戸惑っていたら職員は幼児にでも教え諭すように、

「ここは、ここに含まれてますよね」と何箇所か重なっているところを実際に示して見せた。

人は十人近くいるのにとても静かで誰かの咳が大きく響いた。コピーの時間は十五分から

二十分と掲示がありカウンターの奥では数人の職員が何台ものコピー機で作業をしていて何となくその様子を見ながら時間を潰して受け取りの窓口へ行くとすでにコピーはできていた。気怠そうな若い女の職員にコピー代を支払って紙袋に入った地図のコピーをもらうと結構な分量があってリュックに入れて国会図書館を出た。家に着いたのはすでに夕暮れに近いころで芳恵は、ご飯どうする？　と訊いてきたが、まだいいと応えて部屋へ入りリュックを下ろして床にごろんと寝ころぶと猛烈に眠くなっていつのまにか寝入っていた。芳恵の声とノックの音で眼醒めた。

「光一」と芳恵は声をかけた。「光一、ご飯できたよ」

芳恵が部屋の前から去る気配がし彼はしばらくぼんやりと天井を見つめていたがそれから起き上がって机の上にある時計を見ると七時を少し過ぎていた。キッチンでは芳恵から晩酌程度の酒は許された孝光が缶ビールを飲んでいて並んでいる料理を見ると急に空腹になって温かい味噌汁を一口飲んだらおいしかったのでご飯に味噌汁をかけておかずと一緒にかきこみお茶を飲んでしまうと何だか人心地ついたようだった。**動物にとって胃袋を満たすことが心を満たすことでもあるのは十分な栄養を摂って俺たち細胞が落ち着くからだ。**部屋に戻ってリュックを開けてみたらちゃんと住宅地図のコピーが入っていて彼は地図を出して何となく一枚ずつ見ていったら百一四枚あり柏木の家をしるした地図もあった。まだ一年も住んでいない家でその地図を床に置いて二〇一〇年のこの時点で自分の家はここにあった、いや、いまもあるはずだ、はずだと思ったのは容易には確かめに行けないからで少なくとも一時立ち入りしたときには存在していたからだ。彼はこの地図を中心にしてほかの地図も出しパズルのようにつなげてみたら地図の上で町の様子がだんだんよみがえってきてそれに伴ってぃわきの小学校へ通っていたころのことも思い出され相馬の顔が浮かび彼といっしょに遊んだ日々が映画でも観ているように眼の前を流れいつの間にか光一の眼からは涙がこぼれていた。声が洩れそうになって腕を口に当てた。**こいつの敏感さはたぶん人並み外れてる、そういう性質なんだ。**しばらくして気持ちが落ち着くとパソコンを開いてメールの受信箱を開け武志からのメールをクリックした。

〈光一君が双葉町のリーダーに決まりました。サブ・リーダーが、全面的にサポートするので、いい地図を作って下さい。僕らは、思い出で原発に抵抗するのです。〉

思い出で原発に抵抗するということの意味はよく分からなかったがこのメールをもらったときには素直に嬉しかった、地図作りに参加することよりも武志に仲間と認められたことが嬉しかった。武志は兄のような存在だったのである。その武志が死んでしまったことはいまも信じられなかったしパソコンの画面を見ているとそのうち武志からのメールが届くのではないかという気がしてしばらくして光一はメールを書いた。

〈きょう国会図書館へ行って、双葉町の住宅地図をコピーしてきました。準備は完了です。光一〉

彼は少し考えてそのメールを送信した。武志は死んでしまったが彼のパソコンには届くはずだった。

国会議事堂に出入りするバッジをつけた人間たちと同じように、チェルノブイリでも人間のお偉いさんは、自分のために うまく権力を使ったようだ。俺も見習わないといけない。

私は、指導者連中が自分たちはヨウ素剤を飲んでいたという情報を得ています。うちの研究所の職員が彼らの検査をしたさい、全員がきれいな甲状腺をしていたのです。ヨウ素剤を飲まなければ、こんなことはありえない。自分たちの子どもも難をさけて、ひそかにつれだしていた。出張に出かけるときには、自分たちは防毒マスク、特殊作業服を持っていた。ほかの人間にはなかったのです。

さらに、ミンスク郊外に特別な家畜の群れが飼われていることは、もうずいぶんまえから公然の秘密です。一頭一頭ナンバーがふられた牛は、党関係者個人の所有です。専用の土地、専用の温室で特別管理された野菜。嫌悪すべきやりくちです（沈黙）。このことに対してまだだれも責任をとっていない。

「今日はどこへ行くの？」

リュックを背負って部屋から出てくるとキッチンで茶碗や箸を洗いながら芳恵が訊いた。

「双葉町の事務所」

芳恵は濡れた手をエプロンで拭いて財布から交通費を出し、弁当作ってあげようかと言った。

「……あ、そのほうがお金かからないか」と光一は言った。

芳恵は後片付けを途中にして簡単な弁当をこしらえ光一はそれをリュックに入れて家を出たのだがバスに乗るときやはり武志の眼差しを感じ光一は武志に見守られていると思った。**人間界じゃときに死者は生者を動かすようだ。**いわきへ行くのは二年振りで宇都宮駅からやまびこに乗って郡山で乗り換えしばらくすると見慣れた農村などの風景が現われ心の奥が変に疼いたのはふるさとに近づいたからか。いわきの駅に着くと空には薄い雲がかかっていて栃木より風が冷たかった。バスで双葉町の事務所へ向かい案内のカウンターの前に立つと向こうのデスクにいた若い女がこちらへ来て、ご用をお伺いしますと言った。光一はリュックから一枚のリストを取り出して、

「避難者の人と連絡を取りたいんですけど……」と言った。

職員はそれだとあなたの連絡先を聴いて先方から連絡があるのを待つことになる、そういうのは個人情報になるのでと言った。

「僕も避難者なんですけど……こちらに住民票があると思いますけど」

「規則なので……」

これが市民に対する一般的な役所の対応でバッジをつけたお偉いさんには別の対応がある、連中はチェルノブイリと同じような特別な扱いを受ける。もちろん双葉町の役人はそうじゃないが、ほかの多くの役人の生態がそうであるのは人間の習い性のようだ。直接、事務所に来たら相手の住所が教えてもらえると思っていた光一は連絡を取りたい人々のリストに自宅の電話番号を書いて手渡しこんなことなら家から電話してリストをファックスすれば良かったと悔やんだ。

「どれくらいで連絡もらえますか？」

「それは相手の方次第ですね」

それで用は終わり光一は時間の無駄だったと思いながらまっすぐ家へ帰ることにして電車の中で弁当を開くと卵焼きや海老フライや蛸のかたちをしたウインナーソーセージが詰まっていてどこか懐かしい感じがし一瞬だけ旅の気分になり午後の早い時間に家に着いた。芳恵は家庭菜園の手入れをしていて息子の姿を見ると手を挙げたので光一も手を挙げて応えた。部屋に戻って彼自身の地図をまず作らなければならないのですでにきれいに片づけてある床へ双葉町の地図を広げた。国会図書館でコピーした分は原本にしてあるので手元にあるのは近くのコンビニでコピーしたコピーのコピーだった。彼は自分の家を見つめた。ここから学校へ通う道が一つのポイントで夏近くになると梔子《くちなし》の甘い匂いのする家がありその匂いがすると夏休みが近いと嬉しくなったものだ、梔子の木が道にまで枝を伸ばしている家の姿が思い浮かんでふと甘い匂いがしてその途端きらきら光る小川の水面、そこでザリガニを取ったこと、赤い鋏を振り上げる様子、吸い込まれそうな青空、音楽室から聴こえるピアノの音、友達と駄菓子屋で買った苺飴の味、学校の前で色砂を売る男がいたこと——厚紙に糊をつけた筆で絵を描いて、その上から色砂を振っていく。やがて色とりどりの砂絵ができる。教師や親はその男のことをよくは言わなかったが砂絵は夢の中で見た景色のようにものすごくきれいで欲しいと思ったこと、導火線に火がついたようにそれからそれへ思い出が移って胸の中で何かが破れて焦がれるような郷愁に襲われた。もう帰れないと思うと居ても立ってもおられず光一がまたいつの間にか涙を流しながら部屋の中をうろうろ歩き回っていたのは彼の短い生涯ではふるさとでの思い出が心のいちばん大切なところをかたちづくっていたからだった。**それにしてもこいつはよく泣く、やっぱり人並み外れてる。泣くのは構わないが俺はこいつにもっと強くなって欲しい。**そのうちノックが聴こえて、ご飯よと芳恵が言ったが光一はしばらくベッドに腰を下ろしてぼんやりしていた。それからキッチンへ行って地図を眺めながらピーマンの肉詰めを食べていたら、お兄ちゃん電話だよーと由香が呼んだので急いで居間にある電話を取った。光一は連絡を取りたい人々が家の固定電話の番号を覚えていたときのことを考えて双葉町の役所にはそれを伝えておいた。

「光ちゃん?」と電話の相手は言った。「分かる? 私」

相手は光一が小学校のとき相馬とよく通った駄菓子屋のおばさんの朱鷺《とき》で子供がいなかったからか彼らを自分の子供のように可愛がってくれた。光一がフクシマップのことを説明してぜひ協力して欲しいと頼むと朱鷺はあっさり応じた。電話を切ってから彼女の暮らすいわきへ行くには交通費がけっこう高額だったので、

「来週もいわき行っていい?」と光一が訊くと、孝光は缶ビールを呑みながら眉をひそめ何か言いたそうにしていたが結局黙っていたのは息子に気を使っているのであって孝光は双葉町へ帰れないことをどこか負い目に感じていた。

翌週の日曜になってまた芳恵に弁当をこしらえてもらいリュックに自分が作りかけている住宅地図と何も描きこんでいないコピーを持って家を出たら空には鱗雲が浮かんで少し秋めいた風が吹いていた。光一はいわき市に着くまでずっと朱鷺の駄菓子屋で過ごしたときのことを思い出していたがその思い出にはどこか切なくなるような、色や音や匂いや味がついていた。朱鷺はいわき市の小島町にある古い木造のアパートに住んでいて玄関のチャイムを鳴らすとすぐにドアが開いて朱鷺が現われまるでついさっきまで駄菓子屋を開けていたような自然な様子の美しい笑顔で光一を迎えた。アーモンド形の眼をして鼻筋の通った顔に薄化粧をした彼女は光一から見ても本当に美しく、長い茶色のスカートを穿《は》いて同系色のタートルネックのセーターを着て幅広のタータンチェックのショールをはおり髪は栗色でヘヤーバンドをしていて近づくといい匂いがした。齢は芳恵と同じぐらいのはずだがあのころと少しも変わっていなかったので光一は相馬と一緒に駄菓子を買いに来たような錯覚を覚えた。ダイニングキッチンを通って六畳間に入ると真ん中に古い木製のコーヒーテーブルがあり部屋の中はすっきりしていて家具は少なく桐の箪笥とお洒落な紅い三面鏡とぎっしり本の並んだ本棚とテレビ、アンティークな電話と黒いファックスの置いてある木製のチェストがそこでなければならないところを得て並んでいた。隅に人が絡み合った見慣れない樹の置物が無造作に置いてあり向かいの壁には鮮やかな色の子供の描いたような絵の額がかかっていて森の中にいるような落ち着く香りがたちこめ何もかもが朱鷺の趣味で整えられていて外とは別世界だった。朱鷺はキッチンへ行ってやがて盆に冷えた手作りのジンジャーエールを満たしたグラスを二つ載せて戻って来て向かいに坐り、窓際に置いてあるクリーム色の可愛い鳥類の入った鳥籠を指してこの子はインコのキョロと言い、それから光一の後ろに向かって手招きすると何かが動く気配がして白い哺乳類が朱鷺の傍らに坐った。猫である。

「この子はシーザー。私、いま三人家族なの」

シーザーはじっと光一を見つめ朱鷺は鳥籠からキョロを手に載せて出し彼女が指で頭を撫でると眼を閉じて大人しくしていた。光一がかしこまっているので朱鷺は飲み物を勧め生姜の汁を搾《しぼ》ったジンジャーエールを飲むと身体の芯がっすっきりした感じがした。光一は傍らのリュックから自分が作りかけている地図を出して描き方を説明し朱鷺はキョロを撫でながら聴いていたが一通り彼が話し終えると、

「思い出で原発に抵抗するっていうのは、いいわね」と言った。「地図でホームを再現しようってわけね」

彼が新しい地図のコピーを出してどこを描いてくれるのか訊いたら彼女はキョロを鳥籠に戻して地図のコピーをめくりながら考えていたがやがて何枚か選んで朱鷺はちょっと微笑み、

「光ちゃん、大きくなったわね。背の高さ、もう、お父さんと同じぐらいでしょ?」と言っ

た。「いま何年生？」

光一がちょっと間を置いて中学三年生だと言うと朱鷺はその反応に何か感じ取ったのか、学校は面白いかと訊くので心の底まで届くような眼差しで見つめられて彼女は答えを知っているような気がして光一は俯《うつむ》いた。双葉町にいたころから朱鷺は不思議な人で子供たちは彼女には親にもほかの友達にも言えないことが話せた。

「学校、面白くないです」と光一は素直に応え、そうかと朱鷺はこともなげに言って立ち上がり本棚から一冊本を取り出して、これ貸してあげる、読んだら感想を聴かせてねと彼女は自分の携帯の番号をメモして本に挟んだ。

「私がいま暮らしてるところは、ハウスなのよね」とコーヒーテーブルに戻った朱鷺は言った。「何とかホームに近づけようと努力するんだけど、やっぱり違うの。光ちゃんは頭のいい子だから分かるわね。ホームは生まれて死んでいく場所。魂の帰る場所。ハウスは、ただ、暮らすための器。双葉町の人たちは、みんな、ハウスで暮らしてる。中には、ハウスをホームにしようとする人もいるけど、それはやっぱり無理。錯覚なの。住めば都って言うけど、ホームで生きるのと、ハウスで暮らすのは、違うのよ。特に土と一緒に生きてきた人たちはね。……光ちゃんのご両親は、畑やってるの？」

光一が首を振ったのは光一の両親はもともと土にあまり関心はなく先祖から受け継いだ土

地を絶やしたくないと努めていただけだったからで彼は孝光が不動産屋になって芳恵はスーパーでパートをやっていると告げたら朱鷺は何も言わずに頷いた。**確かに家庭菜園は畑じゃないわな。**

「お夕飯をご馳走したいんだけど、親御さんが心配するから、今日はこれでお帰んなさい」

外へ出るとすっかり陽が暮れて鮮やかな色濃い夕焼けが広がっていて長い影を引きずりながらバス停へゆき電車に乗ってリュックから朱鷺が貸してくれた本を出すと、『エリック・ホッファー自伝』という単行本で光一はそれを読みながら帰路をたどった。

オメガの声が少し昂っていたのはあれが決定的に生物を傷つけるくだりを語ったときのことでいま眼の前で起きていることを語るように語った。

一〇月五日、被曝から六日目。無菌治療部の平井久丸のもとに、転院の翌日に採取した大内の骨髄細胞の顕微鏡写真が届けられた。

そのなかの一枚を見た平井は目を疑った。

写真には顕微鏡で拡大した骨髄細胞の染色体が写っているはずだった。しかし、写っていたのは、ばらばらに散らばった黒い物質だった。平井の見慣れた人間の染色体とはまったく様子が違っていた。

染色体はすべての遺伝情報が集められた、いわば生命の設計図である。通常は二三組の染色体がある。一番から二二番と女性のX、男性のYとそれぞれ番号が決まっており、順番に並べることができる。しかし、大内の染色体は、どれが何番の染色体なのか、まったくわからず、並べることもできなかった。断ち切られ、別の染色体とくっついているものもあった。

染色体がばらばらに破壊されたということは、今後新しい細胞が作られないことを意味していた。

朱鷺の営んでいた駄菓子屋は広町にあって民家を改築して表の間取りを広くして店にし奥が居室になっていて紐《ひも》のついた苺飴や小袋に入った甘い粉末のジュースや籤《くじ》引きの玩具など子供の歓びそうなものはもちろん、タイの木彫りの仏像やインドのサリーやバングルや大人が見ても面白い小物が置いてあった。朱鷺は趣味がよくて常に新しい商品を仕入れて並べ方もいろいろ工夫しているので飽きることがなく、（**人間にとって買い物は大人ばかりか子供にも快楽のようだ**）光一は放課後になると相馬と連れ立って一日に一度は訪れ特に月に一度のポトゥアがやってくる日曜は近所の子供たちだけでなく大人までが集まった。ポトゥはインドの西ベンガル州に伝わる絵巻物を使った語りで実際に語るのは現地のポトゥアに師事した日本人の老人で名前を南野和生《みなみのかずみ》と言いトゥビーをかぶり白い髭をたくわえ長いバンジャビを着ていた。駄菓子屋の中に聴衆が集まったころ舞台代わりの居室の畳の上で風呂敷に包んだ布の絵巻物を取り出し立ち上がると少ししわがれた声で、

「狼の魂」と語り物の演題を述べた。

少し開いた絵巻物には狼の顔が描いてある。狼がね、寝てたんだよ、グーグー、グーグー、好物の鹿の肉をお腹いっぱいに食べたあとだから、大満足、ちょっとやそっとじゃ起きない。絵巻物が少し縦に下がる。夢を見ている狼の顔、そのうち退屈になった狼の魂が体から抜け出た、それでも、狼は、グーグー、グーグー、そこへ現れたのが（絵巻物が下がる）、黒い手を持った何かが現われた。これ、何だと思う？　ポトゥアは最前列の少年を指す。へび、蛇に見えるか〜、違う、もっと怖いもの。じゃあ、そこのお母さん。後ろにいる母親を指す。鉄砲？　うん、さすが、近い。これ、人間、鉄砲を持った人間です、世界でいちばん怖いもの、狼は魂が脱け出てるから、弱い、逃げることもできない、ずどんと一発、死んでしまいました、さあ、魂は困った、どうして？　帰るところがない、体がなくなったんだから（絵巻物が下がる）、さまよう魂、狼の魂は帰るところを探して、グルグル、グルグル、世界を回った、そうしたら、そういうさまよう魂がいっぱいいる、さまよう魂は一つじゃない、孤独じゃない、みんな歓んで集まって、グルグル、グルグル、そのうち魂は溶け出して、十が九つ、九つが八つ、八つが七つ、どんどん溶けて一緒になって、とうとう一つになりました。

ポトゥアは絵巻物の布を巻き直して風呂敷に包み静かに畳に手をついて頭を下げ拍手が起こった。**人間は物語を好む生き物だと言われている。**こういう出し物が小一時間ほど続いて出し物と出し物のあいだに客たちは駄菓子をつまみラムネを飲み四方山話をした。ポトゥアの南野が外の道にある杉の樹にもたれて夏の陽射しに眼を細めながら煙草を吸っていたので光一と相馬は彼の前に立った。

「ポトゥアって、難しいですか？」相馬が訊いた。

「おじさんぐらいになるには、どれぐらいかかりますか？」光一が訊いた。

老人は笑いながら煙草の煙を吐き出し、

「ポトゥアになりたいのかい」と言った。「ポトゥアには誰でもなれるよ。けれど、そう簡単じゃない。おじさんは、インドのポトゥアに習った」

そこへ朱鷺が冷えたラムネを持ってやって来て南野に瓶を手渡し、

「このおじさん、ポトゥアになるために、何十年も修業したのよ」と言った。

ポトゥアを持って世界を回るのは退屈な学校へ通っているよりもずっと面白いに違いなかった。

「学校へは行かないとだめだな」と南野は言った。「ポトゥアは、いろんなことを知っていないと、物語を作れない」

南野が若いころ銀行員で人の金を勘定して給料をもらっていたのは当時は世の中でいちばん必要なのは金だと思っていたからでしかしあるとき長い休暇を取ってインドへ行って彼の地の人々の質素で豊かな暮らしを眼にしポトゥアと出会って生き方を変え職場へ辞表を郵送してそのまま現地に住みついた。**人間界ではインドに旅して人生観を変える者が少なくないようだ。ま、ありがちなことらしい。**

「でも、僕は、学校はきちんと出た。だから、いま物語を作るのに困らない。君たちも、本物のポトゥアになりたかったら、まず、学校へ行って、いろんなことを学んで、それからだね。せめて中学までは頑張ってよ。できたら、高校へ行って、大学にも入って、いろんな人と出会って、いろんなことを学んで、それからだね」

「そしたら、おじさんの弟子にしてくれますか？」光一が言った。

南野は煙草を地面に押しつけて消し、

「僕は、弟子は取らない。だから、友達になろう」と言った。

休憩が終わり客が次の出し物を待っていたので、そろそろと朱鷺が促し老人は、よいしょと声をかけて立ち上がり今日から友達だと二人の少年と握手して駄菓子屋のほうへ歩いていった。

あれについて語るオメガの声は冷静な響きをしており起こった出来事を淡々と伝える。

一〇月一日午前一〇時。千葉県稲毛区にある放医研・重粒子治療センター三階の会議室に被曝医療などの専門家一七人が集まった。委員長の前川をはじめ、放医研から所長の佐々木、鈴木などのスタッフ、それに東京大学医科学研究所附属病院長の浅野茂隆や国立病院東京災害医療センターの副院長の邉見弘などが参加して、緊急被ばく医療ネットワーク会議の臨時拡大会議が開かれたのだ。会議の直前、日本で初めての臨界事故はようやく収束していた。

臨界による核分裂の連鎖反応は膨大なエネルギーを生み出す。原子爆弾はこのエネルギーを破壊のために使うが、原子力発電所は原子炉を分厚いコンクリートと金属で覆い人為的にコントロールし、発電のために利用している。

今回の事故では最初に臨界に達した際の瞬間的なピークの後も臨界が継続していた。まったくコントロールがきかないうえ、放射線を閉じこめる防護装置もない「裸の原子炉」が突如、村の中に出現したのだった。この事態に、東海村は事故現場から三五〇メートルの範囲の住民に避難を要請、茨城県も半径一〇キロメートル圏内の住民約三一万人に屋内退避を勧告した。現場ではＪＣＯの社員による決死隊が組織され、国の現地対策本部の指揮下で、臨界を収束させる作戦が展開された。その結果、この日の午前六時一五分、一九時間四〇分にわたって中性子線を出しつづけた「裸の原子炉」は、ようやく消滅した。
事故直後の混乱のため、この日の会議の議事録は残っていない。放医研の事務職員が書いたとみられる文字の乱れたメモが唯一残った記録だ。
被曝治療に当たってもっとも重要な情報は、患者がどの程度の放射線を浴びたかだ。メモには「被ばく量　8斜」と記されている。斜は「シーベルト」と読む。被曝した放射線の量を表す単位だ。大内は事故直後に嘔吐し、一時意識を失うなどの症状があった。メモの記述はこれらの症状をIAEA（国際原子力機関）が定めた推定被曝量に照らすと、八シーベルト以上の放射線を浴びた可能性が高いと推定したことを示している。八シーベルト以上の放射線を浴びた場合の死亡率は一〇〇パーセントだ。染色体検査などの結果から、最終的に大内の被曝量は二〇シーベルト前後とされた。これは一般の人が一年間に浴びる限度とされる量のおよそ二万倍に相当する。

事故の処理には、結局、人間の手が必要になる。そして彼らは確実に被曝する。

事故処理に投入された部隊はぜんぶで二一〇部隊。およそ三四万人です。屋上を片づけた連中は地獄を味わうことになりました。彼らには鉛のエプロンが支給されましたが、放射線は下からきたのです。下は防護されていませんでした。彼らは防水厚地のごく普通の長靴を履いていたのです。

一日に一分半から二分ずつ屋根のうえ、その後、除隊となり、表彰状と一〇〇ルーブルの報奨金を与えられた。そうして、わが祖国の無限に広がる空間に消えていったのです。（中略）軍服の色から（緑のロボット）と呼ばれた。崩壊した原子炉の屋根を通りすぎた兵士は三六〇〇人です。

光一の家の電話には双葉図書館の司書のお姉さん・金子さん、児童館のお兄さん・武田さん、大川クリニックの大川先生、歴史民俗資料館のおじさん・吉沢さん、光雲寺の和尚さん、コリアン食堂のお姉さん・島谷さん、と双葉町の事務所に預けたリストに挙げた人々から連絡が来た。光一はそれらの人々にフクシマップの説明をして協力してくれるように頼んだのだが断った人は一人もおらずただ避難先があちこちに散らばっているので日程の調整をするのが難しくそれぞれ訪ねて行くしかないのだがどういう順序で訪ねるかを考えるのに時間がかかった。いちばん連絡を取りたかった相馬はしばらく年賀状のやりとりをしていたのだがいつか住所が変わって葉書が戻って来るようになり結局なかなか電話もなかった。信金のお姉さん・熊谷さんと坂井洋服店のおばさん・坂井さんは光一のことを憶えていないと言ったらしい。

部屋でカレンダーと訪ねる人々の都合を睨み合わせているとき、お客さんよ、と芳恵の声がしたので居間に行ってみたら朱鷺がソファーに坐っていた。ヘアバンドをして長い髪を上げふわっとしたグレーのセーターを着て同系色のスカートを穿き臙脂《えんじ》のショールをはおっている。

「地図なら送ってくれたら……」光一が言うと、朱鷺は眼で、違うのと言った。

「地図はまだ。私ね、光ちゃんの仕事をお手伝いしたいと思って」

「朱鷺さんが一緒だと安心よね」と芳恵が光一の隣に坐ったのはどうやら二人のあいだですでに合意ができているようだった。それにしても歳は同じぐらいなのに二人の姿は明らかに手入れの違いが目立っていてまず朱鷺はちゃんと化粧をしているのに芳恵はリップクリームをつけているだけだし朱鷺の手は真っ白ですべすべしていて芳恵の手は筋張ってがさがさしていた。**俺に言わせると二人はヒトの牝として位が違うね。俺は朱鷺なら一度お願いしたい。精子のときなら一発で孕ませることができただろう。**

光一は朱鷺のことが好きだったが地図作りはひとりでやると決めていた。

「じゃあ、手伝うのは止め。光ちゃんが人を訪ねるとき、一緒について行って、隣で話を聴いてるだけ。私もね、双葉町の人たちに会ってみたくなったの」

光一は少し考えたがひとりでバスや電車に乗るより話し相手のいるほうがいいし厳密に言えばそれも地図作りに入るだろうけれども協力者に取材をするのは自分なのだから何もしないで話を聴いているだけなら眼の不自由な人が盲導犬を連れているのと同じかと思った。**光**

一はよく泣くだけじゃなくて、群れるのが嫌いなくせに寂しがり屋という難しい性格で、人間としても珍しいんじゃないか。

「見てるだけなら、いいですけど」

光一は立ち上がって朱鷺を部屋へ案内し芳恵は後ろから見守っていた。光一は部屋の外で少し朱鷺を待たせて大慌てで人に見られてはいけないものを片付けてから中へ通した。彼の部屋の床にはカレンダーと訪ね先をしるしたノートが広げてありノートを示して協力者のリストを見せた。

「……相馬君がいないわね」

「まだ連絡がないんです。×がついてる人は、僕のことを憶えてない人だから……」

「私、坂井さんは知ってるわよ。信金の熊谷さんも。でも、手伝っちゃいけないのよね」

「……それは、いいです。紹介してもらうだけだから」**都合のいい話だ。**

朱鷺はバッグから携帯を出して電話をかけた。

「坂井さん？　朱鷺です。私の友達で、紹介したい人がいるんですが、いまいいですか？」

朱鷺は携帯を寄越し光一は慌てて自己紹介をしたあとフクシマップのことをしどろもどろに話した。相手は話を聴いたあと朱鷺と替わるように言った。朱鷺はもう一度フクシマップのことについて説明し自分も地図を描いているけれどいい経験になると言った。携帯を切った朱鷺は柔らかな微笑みを浮かべて協力してくれるってと言った。

「坂井さん、編み物サークルをやってて顔が広いから、ほかにもいろんな人を紹介してくれるかも知れない。もちろん、私は口を出しません。話をするのは光ちゃんよ」

熊谷は何度かかけてもつながらなかったので朱鷺は連絡を取っておくと言った。朱鷺が帰ったあと光一はパソコンを開いて瀬尾に連絡し一通りいまあったことを説明すると、

「いいじゃない」と言われた。「一人でも多くの双葉町の人を巻き込むのがフクシマップの目的なんだから。最終的にまとめるのは君だけど、このプロジェクトはチームで動いてるんだから。自分の担当する地域は、責任持ってやるのは当然。君は双葉町全体のプロジェクト・リーダーなんだから、そのあたりはうまくやらないと。手伝ってもらえるところは、手伝ってもらって、効率よく回していく。君だけじゃできないよ」

「……分かりました」

「で、どんな人と連絡が取れたんだっけ？」

光一は訪問する順番が決まったら報告するつもりだったのでまだそのことを瀬尾に話していなかった。

「人間関係の濃いところから行くかね。そのほうが君もやりやすいでしょ。いちばん関係の濃い人は誰？」

光一が思い浮かべたのは相馬だったがしかし彼からはまだ連絡がない。

「……話がしやすいのは、児童館の武田さんですかね。埼玉県の蕨《わらび》市に避難してます」

スカイプを切ったあと彼は武田の携帯を鳴らし何度か呼び出し音が鳴って、はいという明るい声が響いた。

「あ、柏木光一です、フクシマップの。次の日曜に行きたいんですけど、どうですか?」

何かがさがさと物音がして、

「日曜はね、午後の遅い時間なら大丈夫だよ」と言った「三時とか四時とか」

三時に決めて電話を切ってから朱鷺が同行することを伝えていないことに気づいてもう一度かけた。

「ああ、あの駄菓子屋の。へー、そうかい。久し振りだな。分かった。愉しみにしてるよ」

武田との打ち合わせが終わってからすぐ朱鷺の携帯を鳴らしたら彼女はひそひそ声で、いま電車だからあとでねと切った。

「忙しいわね」傍らで見守っていた芳恵が言った。

「疲れた」光一は部屋へ引きあげた。

キッチンのテーブルでポテトチップをつまみながらミルクを飲んでいた由香は囁くような声で、お兄ちゃん大丈夫なのと言い、芳恵は案じるような眼差しを息子の部屋のほうへ向けた。**中学生になったばかりの妹に心配される中学三年生の兄貴ってのは人間として不安定なところがあるように思われる。**

遺伝子が壊れるとまず血液の細胞に影響が及んで白血球の中のリンパ球が失われ白血球そのものや血小板も減少していくとオメガは語り、その対処法として骨髄移植について語った。

大内の体からは、転院初日にはこのリンパ球がまったくなかった。さらに白血球全体も急激に減少していた。大内の体の抵抗力（免疫力）がほとんどなくなっていたのだ。抵抗力のある健康な人なら感染しても問題のないウイルスや細菌などが異常に増える「日和見感染」を起しやすい、極めて危険な状態に陥っていた。（中略）

この日、出血を止める働きをする血小板の数が一立方ミリメートル当たり二万六〇〇〇まで減少した。健康な人ならば一二万から三八万程度あり、三万を切ると血が止まりにくい危険な状態になる。医療チームは血小板の輸血を開始した。

また白血球の数も健康な人の一〇分の一近くの九〇〇にまで下がっていた。造血幹細胞移植を急がなければならなかった。

造血幹細胞移植は白血球や血小板などの血液中の細胞を造るもとになる細胞を移植し、患者の造血能力、ひいては免疫力を回復させる治療法だ。
代表的なのが白血病の治療に多く使われている「骨髄移植」だ。健康な人の骨髄には造血幹細胞がたくさん含まれている。その骨髄を提供してもらい、移植する。（中略）
造血幹細胞移植でもっとも問題になるのが、ＨＬＡという白血球の型である。幹細胞を提供する側と移植を受ける側とでこのＨＬＡが合っていないと、移植を受けた患者の体内で拒絶反応が起きて、治療が失敗する。

ＨＬＡが合う血液を探すことは難しい。治療に使える程度に型が一致する確率は兄弟姉妹なら四分の一だが、一致しなかった場合、まったくの他人から探さなければならない。この場合の確率は数千分の一から数万分の一だ。放医研放射線障害医療部臨床免疫室長の鈴木元は当初から大内の白血球が急速に下がることを予測していた。このため被曝して入院したその日の夜のうちに、所長の佐々木を通じて、日本赤十字社血液センターに大内のＨＬＡの検査を依頼していた。骨髄バンクや臍帯血ネットワークバンクに依頼して、存国でドナー（提供者）登録をしている人のなかに型が合う人がいないかどうかコンピュータで検索してもらった。一方で、全国に散らばっている親戚のＨＬＡも、厚生省を通じて、それぞれの県の赤十字などで調べてもらっていた。
その結果、千葉県佐倉市江原台にある国立佐倉病院で調べた血液のＨＬＡが大内のものと一致した。それはたったひとりの妹のものだった。

妹は無菌治療部の平井に向かい、「兄を助けるためには、いくらでも血液をとってください。ぜひよろしくお願いします」と頼んだという。

人間は愛する者を失うのがいちばんの痛手とみえる。

私はこわい。愛するのがこわいんです。フィアンセがいて、戸籍登録所に結婚願いをだしました。あなたは、ヒロシマの〈ヒバクシャ〉のことをなにか耳になさったことがありますか？　原爆のあと生きのびている人々のことを。

光一が小学生のころ少しのあいだ不登校になったのは隣の席の少女が飼い猫が死んで泣いていてその気持ちが彼の心に影響を与え光一自身が泣いてしまいそれを見ていたずんぐりした体の日比野という少年が、こいつの脳は放射能でぶっ壊れてる、キモいと言い出しクラスの子供たちが離れていったからだった。光一は物事に過敏な反応を示すエンパスという生理があって特に人の感情がくっきり心に映じてしまうのだ。

もう少し詳しく説明してやろう。「エンパス（empath）」ってのは「エンパシー（empathy）」つまり共感力が高い者のことでアメリカの心理学者レイン・アーロンが提唱した「ＨＳＰ

（Highly-Sensitive-Person）」の一つと言われてる。ま、繊細で感受性の高い心を持ってて他人の心の影響を受けやすいって覚えておけばいい。

日比野の嫌がらせはクラスの担任が介入したことで収まったけれど日比野の中学生の兄に、学校へ来たら殺すと脅され光一は学校へ行けなくなった。学年主任が日比野から事情を聴き出し日比野の兄が注意を受け光一はまた学校へ戻ったがクラスの中で浮いてしまった。栃木に引っ越したおかげで中学生になると日比野とも遠く離れたが双葉町やいわき市の小学校で相馬と遊んでいたころのような楽しい日々は戻ってこなかった。光一は親しい友達ができず放課後になるとすぐ家に帰って漫画を見たりネットを見たりで一日は終わり双葉町のことはずっと気にかかっていたのでネットに入るとあれこれ調べた。

須賀武志のＮＰＯのサイトを見つけたのはその夏のことで「フクシマ・ネオプロジェクト、スタッフを募集、資格は新しいフクシマを創りたい人。性別、年齢は問わない」とあり主宰の須賀武志は農業大学を卒業してアメリカでパーマカルチャーを学んだ若者で避難解除になった葛尾村で農業を再開し、フクシマはもう元には戻らない、だったら世界の流れを先取りした新しいフクシマを僕らの手で創ろうと呼びかけていた。新しいフクシマを創るという言葉が心に残った。そんなことができるのだろうか？　双葉町も新しくすることができるのだろうか？　自分も新しくやり直すことができるのだろうか？　光一は毎日そのサイトを見るようになりそしてある日チャットに、僕にもできることはありますか？　と書き込んだところすぐに返信が来た。あるとも。君はいくつ？　十三歳です。中学生？　学校は好き？

嫌いです。何かあった？　嫌がらせをされました。辛かったね。不思議なことにチャットでは素直にいろいろなことが話せたのは本当は光一が誰かと話したかったからで思い切って、フクシマに帰れ、学校に来ると殺すって言われましたと打ち明け話しながら光一は心のどこかに涼しい風が入ってくるのを感じていた。そうか。学校は置いといて学ぶことは必要だよ。本を読むのは好きかい？　図鑑とかよく見ます。そうか。君は図鑑少年か。僕もそうだった。そうなんですか？　植物図鑑、動物図鑑、よく見たよ。それから百科事典も。百科事典、面白いですよね。面白いね。僕はいまでも時間があると、ぱらぱら百科事典見るよ。**光一は武志に親近感を持ったが同じことが好きだから関係の距離が近くなるのは人間だけに限らない。**君はたくさん本を読むといい。どんな本を読めばいいですか？　そうだね、まず、歴史を読むか。歴史ですか。難しくないですか。歴史は物語だよ。メモしてくれる？　武志は何冊か読むべき書名を挙げた。このあたりから始めるといい。読んだらまた連絡くれるかい？　はい……僕にできる仕事は？　まず、学ぶことだね。それからおいおい君に向いた仕事を探すよ。分かりました。

光一はさっそく図書館のサイトに入って武志から教えられた本をリクエストし宅配サービ

スを申し込んだ。二日後芳恵が、宅配が来たわよと声をかけた。ドアを開けて包みを受け取ったら、何を頼んだのと芳恵が訊いた。本だよ、勉強するんだ。芳恵は不思議そうにふうんと言って立ち去った。開封すると世界史と日本史の本が入っていたので光一は日本史から読み始めた。分からない言葉があると辞書を引きながらだが二日で読み次に世界史も二日で読み彼はチャットで武志に報告した。本、読みました。どうだった？　歴史って、人間が主役の物語なんですね。君、すごいね。それが分かったかい。政治とか、経済とか、いろんなことがあるけど、みんな主人公は人間でした。そうなんだよ。歴史を創ってるのは、人間なんだよ。光一は褒められて嬉しかった。じゃあ、次は生物学だな。君、昆虫採集とか苦手？

僕、昆虫マニアです。だったら大丈夫。昆虫採集の延長だと思えばいい。武志はまた何冊か読むべき書名を挙げ光一はメモを取って図書館にリクエストし次に光一は英語の教科書と辞書を買って来たが英語はただ読むだけでは分からなかったので武志にチャットで質問をしたら、スカイプはできるかい？　と言われた。できると思います……。そしてスカイプの設定をした。パソコンのディスプレーに映った武志は声の印象では柔らかな表情をしているようだったが眉の濃いくっきりした眼鼻立ちをした肩幅の広い精悍な若者で画面に収まりきらない圧を持っており、やっと会えたねと清潔な歯を見せた。はい。光一君は思ってた通りの利口そうな少年だ。これからはチャットじゃなくスカイプでやりとりしよう。教科書の分からないところは武志に教わりそれを学び終えた光一はペーパーバックの英語の童話を勧められて読んだ。薄い本だったが全部日本語にするのには三か月ほどかかったけれどそれを武志にメールで送ったら「good job!」と返信があった。それからはNPOの会議があると光一は最年少のスタッフとしてスカイプで参加することになった。子供は大人として扱われると嬉しいものだし大人たちのやりとりを見聞するのは新鮮で何よりも自分が知らないことを教わりこうして光一は普通の中学生が身につけるよりも高度な知識を学び自分の頭で物事を考える訓練を受けた。

そういう交流が一年を過ぎるころ武志からフクシマップの提案があり帰宅困難区域に住んでいた人々がそこで生活していたときの思い出や夢を地図にしるして無人になった廃墟を「人の生きる町」として再創造する、思い出で原発に抵抗するんだよと武志は言った。どう？　やってみるかい？　やりますと光一は応えた。じゃあ、君を双葉町のプロジェクト・リーダーに指名する。……リーダーは無理ですと彼は言った。どうして？　だって……。一人でやるわけじゃない、チームでやるんだ。よけいに無理だと光一が案じたのは自分に人を動かすことはできないと思ったからで彼は率直にそのことを告げた。すると武志はサブ・リーダーをつけると言い、隣からディスプレーを覗き込んでいた長髪を頭の上で結んだ色白の優しそうな若者が手を振った。光一君、瀬尾です。僕が君をサポートします。光一は、どうもと頷くと彼の不安を読み取ったのか武志は瀬尾はＮＰＯの立ち上げからのメンバーで自分のいちばん信頼しているスタッフだと言った。はあ、と光一が溜め息を洩らしたら、大丈夫だよと武志は笑い瀬尾も笑った。時間はたっぷりあると武志は言った。君の心の準備が整うまで待つよ。こちらはいつでも動ける。いけると思ったらそう言って。

国は違っても人間という生物の特性は変わらないようだ。フクシマで起きたことはチェルノブイリでも起きていた。

私たち子どもは、輸送列車にぎゅうぎゅうづめにされ、レニングラード州につれていかれました。私は一〇歳でした。小さな子たちはわんわん泣き、きたなくなっていた。ある駅で、私たちが列車から飛びおりてビュッフェへ走っていったら、ほかの人はもうだれもなかに入れないんです。「チェルノブイリの子どもたちがここでアイスクリームを食べていますから」って。ビュッフェの人たちがだれかに電話をかけていた。「あの子たちがでていったら、クロム石灰で床を洗ってコップを煮沸消毒します」。私たち、聞こえていたんです。

お医者さんたちが出迎えてくれた。ガスマスクをつけて、ゴム手袋もはめていました。私たちは洋服を取りあげられた。封筒も鉛筆もボールペンもなにもかも。セロファンの袋に入れ、森に埋められてしまったんです。

モギリョフに移住して息子は学校に入りましたが、一日目に泣きながらとんで帰ってきました。息子はある女の子のとなりの席になったのですが、その子がいやがったのです。息子が放射線をだしているから、となりにすわると死ぬとでもいわんばかりに。息子は四年生でしたが、チェルノブイリの被災者はクラスに彼ひとりでした。同級生はみな息子をこわがり、〈ほたる〉とあだ名をつけたのです。私は愕然としました。


空には厚い雲が広がっていて街は少し照明を落としたように見え傘を持って歩いている人もいた。朱鷺との待ち合わせは大宮駅の改札で光一がホームの階段を上がるとすでに改札の外の柱を背にして彼女が待っていた。紫色のヘアバンドで髪を上げ同系色のストールをはおり一目で朱鷺と分かる装いをしていて彼が近づくに連れて笑みが濃くなった。電車を乗り換えて蕨駅で降りたら駅のロータリーにトヨタのクラウンが停まっていて武田が顔を出して、こっち、こっち、と呼ばれて彼らは後ろの席に乗った。武田は縦に長く引き伸ばしたように痩せて背の高い若者で笑うと眼が糸のように細くなった。

「朱鷺さん、お久し振りです」と武田が言った。

光一を見る朱鷺の眼は、喋ってもいいのか？　と言っていたので忠実な盲導犬のような朱鷺に彼は頷いた。お久し振りと朱鷺は持っていた紙袋を差し出し、これ、ご家族でと言い、武田は礼を言って受け取った。**これは光一にはできない人間の大人の気遣いだな。**車が走り出してしばらくすると新築の家が並ぶ住宅街に出てその一軒の前で武田は車を停め光一たちを降ろし車庫のシャッターを上げて車を中へ入れた。玄関のドアの鍵を開けながら、

「おやじはパチンコ。おふくろは刺繍の教室。家にいるのは、僕だけです」と彼は言った。

「あっちゃんは？」朱鷺が遠慮がちに訊いた。

「片付きました。四年前です。旦那の仕事でニュージーランドです」

光一と朱鷺は壁に高額そうな風景画のかかった広い居間に案内され二人は並んで黒革のソファーに坐り、ガラスのテーブルを挟んで向かいに武田が坐ってフクシマップって須賀君たちが始めたやつだろ？　と須賀が自死したことを知っている響きが感じられる言い方をして光一は頷いた。

「急だったよなあ……何度か須賀君と呑んだことがあってね。東北の風土を活かして、福島を独立国にして、福島人を創る、日本と連邦制にするとか言って、とにかく言うことが大きいんだ。でも、面白かった」

しばらく沈黙があり光一はリュックから双葉町の地図のコピーを出してテーブルに広げて

武田がどこを担当してくれるか訊くと彼は地図に顔を寄せて少し考えていたが顔を上げて、この地図は最終的にどうするのかを訊いた。

「ネットにアップして世界中の人が見られるようにします」

武田はソファーに深くもたれかかり、両手を頭の後ろで組んで、それってどうなのかなあ……と呟いた。思い出したくない人もいるんじゃないのかなあ……。光一はそんなことを考えてみたこともなかったから意外な言葉だったが武田は彼の訝《いぶか》しそうな表情に気づいて、

「双葉にいい思い出がある人ばかりとは限らない気がするんだ」と言った。

「原発事故があったからですか？」

孝光は発電所の仕事に戻ろうとしなかったがそれは単純に働く場所がなくなったからだと思っていたけれどもそれだけではなかったのだろうか。**そうさ、孝光は原発で働くことが嫌になったんだ。**光一が無意識に朱鷺を見たら彼女はその気持ちを汲んだように、

「武田さん、描けるところ描いてくれます？」と言った。「あなたの思い出の濃いところ」

シータはリュックからレポート用紙を出して数枚差し出し、地図に思い出の場所を指定してレポート用紙に思い出を書いてください、写真や動画もオッケーですと言った。この地図の最終形は特定の場所をクリックすると町の風景や住人の思い出を見ることができるのだった。描くところが多かったらあとで送ってもらってもいいからと光一はレターパックをテー

ブルの上に置いたら武田は地図をじっと見つめて、そうしようかと呟いた。光一が、「武田さんは独身ですか？」と訊くと彼はぱちぱちと瞬きをして独身だと応えた。「双葉の避難者だからですか？」

するると彼は何か気づいたように真面目な顔つきになって、「差別があるかないかってことかい？」と訊いた。「君はそういう差別を受けたのかい？」光一が頷いたら武田は携帯を見て、ちょっと時間ある？　と訊いた。

ぱらぱらと小雨の散る空の下、車は市中をしばらく走って古い団地の中へ入って駐車場に停まり武田は彼らを近くの公園へ連れて行った。そこには小麦色や白い肌をした老人や婦人がベンチに坐ったり何人かで立ち話をしていたりしていて子供たちは短い草原のあいだを走り回ったり樹に登ったりしており公園だけを見ているとここが日本だとは思えなかった。いつの間にか小雨は止んでいた。

「びっくりしたでしょ？」武田は光一に言った。「彼らはクルド人なんだ」

クルド人は百年も前に住み慣れた国を失って離散しいまはおもにトルコからシリア、イラン、イラクにかけて住んでいて世界には五千万人のクルド人がおりこの蕨市には二千人の人々が住んでいるのでワラビスタンと言われているという。

「僕は、彼らを支援するボランティアをしてる。自分がふるさとを失ったから気持ちがよく分かる。僕らも難民だからね。もともと蕨市に引っ越して来たのも、ここがそういう土地だって知ってたからなんだ。外からの人を受け入れる懐の深さがある」

何人かで立ち話をしていたうちの背の高い彫りの深い顔をした一人の若者が武田に気づいてこっちへやって来た。日本語が通じるのか分からないので朱鷺と光一が戸惑っていたら若者は、ワッカスですとちょっと訛りはあるがなかなか流暢な日本語で名乗った。ワッカスは二年前に日本へ来たのだが二年でこれだけ日本語が話せるのは彼の努力を示していた。ちょっと待っててと武田は光一たちに声をかけてワッカスの肩を抱いてさっき彼らが話していたグループのほうへ行きそこで彼は頻りに何か説明しているようで集まっている数人の若者が頷いていた。しばらくして武田は戻って来るといま団地の地区センターで難民たちが集まっているから紹介すると言い、光一と朱鷺は外壁の塗装が剝げかけた粗末な建物へ案内された。入ってすぐの右手に和室があり座机を囲んで肌の色も年格好も違う人々が坐っていた。武田は和室に上がって部屋を見回し光一と朱鷺を彼らのあいだに坐らせ部屋の隅にあるコーヒーメーカーから紙コップにコーヒーを注いで二人の前に置いた。香ばしい、いい匂いが漂った。

「えー、と、こちらは僕のふるさとの先輩と後輩です。僕と同じく、皆さんのような人たちを支援するボランティア活動をしています。この少年が光一君で、このご婦人が朱鷺さんです」

二人はそれぞれ頭を下げ難民たちは程度の差はあったが誰もが彼らを包むような笑みを浮かべ武田は彼らに自己紹介をするように言った。地区センターの外にある公園から子供たちの声が聞こえた。さっきから驚いたようにじっと光一を見つめていた向かいにいる白髪交じりの化粧気のない眼尻に深い皺の刻まれた女が周りの雰囲気に促されるように、

「わたし、ティエンです」と言った。「ベトナムから来ました」

彼女はまたじっとシータを見つめティエンより少し若い艶のあるたっぷりした長い黒髪の隣の女が、

「ヤサです。ラオスから来ました」と言った。

するとシータの横にいた浅黒い肌の中年の小太りの男が、

「じゃ、僕かよ」と陽気な声をあげてそれが癖なのか肉の分厚い掌で顔をつるりと撫でたあと、「ラオスから来たプンミーです」と言った。

この三人はほぼ同じ時期にボートピープルとして日本へ漂着しすでに三十年近く日本に住んでいるので日常会話ぐらいなら日本語を話すことができた。まだ来日して間もない人々は武田が紹介した。アフガニスタンから来た鋭利な眼をし右腕にタトゥーをしたどこか表情に

陰りのある男アリ、一輪挿しの花瓶のように細い笑うと笑窪ができるミャンマーのロヒンギャの娘アイシャ、利発そうな額と愛くるしい表情をしたシリアの少女マラ。**彼らの違いは例えばアゲハ蝶とクロアゲハ蝶の違いだが、人間界じゃ人種の違いは大いに異なることになっているようだ。もちろん細胞は同じだ。**この団地はさまざまな国の難民を受け入れていて彼らは日曜日になると地区センターでコーヒーを飲みながら情報交換や近況報告をして他国で生きていくための呼吸を整えていた。それからしばらく武田を進行役にして人々の話は続いたがやがて彼はスマホで時間を見て朱鷺に、駅まで送りますよと言った。するとティエンが、

「この子、わたしの兄さん、そっくり」と言い、武田が光一を振り向いた。

ティエンは光一のほうへ近づいて、頬を触ってもいいかと訊くので彼は恥ずかしかったが黙って頷くと温かな手が頬に触れてティエンは涙ぐんだように見えた。しばらくして、

「もういいですか?」と光一が言うとティエンは、ごめんなさいと手を放した。

武田は笑いながら、光一君はティエンさんの兄さんの生まれ変わりかも知れないね、また、来てやってよ、と言い、彼らは車で蕨駅まで走った。電車の席に坐ると、

「あの人たちも難民だけど、私たちとは違うわ」と朱鷺が言った。「気の毒には思うけど、国の政情や経済的な事情が許せば帰ることができる。でも、私たちは帰るふるさとを奪われ

た。何百年、場合によっては何千年、私たちのふるさとに人は住めない」

光一は車窓の向こうを流れる住宅やビルが並ぶ景色を眺めながら彼女の言葉を聴いていた。

——村ではみんないっしょにくらしていますよ。ひとつの世界になって。

——毒があっても、放射能があっても、ここは私の故郷よ。私たちはよそじゃよけいもの。鳥だって自分の巣が恋しいものですよ。

鳥には帰巣本能があるからな。人間も同じようだ。

（東日本大震災5年へ）狭い仮設、「帰りてえ」口癖に　原発事故、自殺者なお

東京電力福島第一原発事故から間もなく5年になろうとしているが、自ら命を絶つ避難者が後を絶たない。仕事を奪われ、狭い仮設でうつうつとする日々。いつ自宅に帰れるか見通しがたたない。事故による心の傷は時とともに、ますます深くなっていく。

今年1月、福島県の沿岸部の一の橋のたもとで、60代の男性が亡くなった。そばには男性の軽トラックと農薬の容器があった。警察は自殺と断定した。男性は原発事故で政府による避難指示を受け、近くの仮設住宅に妻と暮らしていた。

■田も仕事も失う

米農家だった。妻と田んぼを守り、子ども3人を育て上げた。夫婦げんかなどしたことがなかった。だが、事故で暮らしが一変。避難先を転々とし、子どもたちとはばらばらになった。田んぼは放射性物質で汚染され、仕事を喪った。

狭い仮設住宅ですることもなく過ごす日々。「帰りてえ」が口癖になった。いつ戻れるか分からない自宅に通い、掃除を続けた。

事故から3年が過ぎたころ、近所では帰還を見据え、家を修理する人たちが出てきた。男性も工務店を探したが、見つからない。復興関連事業に沸き、資材も人手も不足。取り残される不安に駆られて声を荒らげ、妻にあたることが増えた。

今年1月、寒い日だった。午後、男性は「でかける」と妻に告げ、軽トラックで仮設住宅を出た。そのまま、帰ってくることはなかった。遺書はなかった。『朝日新聞』2015・12・28東京朝刊

それから本格的に双葉をマップで再生するための取材が始まってまず歴史民俗資料館に勤めていた吉沢と光雲寺の和尚に会うことになり彼らは日曜日の昼に新宿の郷土料理の店を予約したと言ってきた。吉沢は長野に光雲寺の和尚は千葉にそれぞれ移住しているので一緒に取材できるのは好都合だから光一は朝から家を出て東京駅で朱鷺と合流しそれから新宿へ向

かった。吉沢と和尚は奥の座敷で昼間から酒を飲んでいた。吉沢は細身で黒縁の眼鏡をかけ和尚は豊頬《ほうきょう》の福々しい顔をして好対照だった。

「須賀武志君は残念だった」と和尚が言い、わざと僧侶らしい口調で、懇ろに供養申し上げたと続けた。**坊主臭いとは、このことかい。**

「まだ三十になったばかりだったね。これからじゃないか」吉沢の声には強い憤りが含まれていた。「原発事故で死者は出てないなんて、でたらめもいいとこだ。これで何人目だい」

「この人は、原発の建設に反対した、限られた人のうちだから」と和尚が言った。「私は仏教徒の立場から反対した。建設の説明会に出て、反対意見も言った」

「反対は、和尚と僕と何人かだけさ。多くの人が賛成したよ」

吉沢は苦々しい表情で芋焼酎をあおり運ばれて来る料理を食べながら彼らは互いの近況について話し合った。吉沢は歴史民俗資料館が閉じられたあと双葉町の職員を辞めて反原発運動をしていて和尚は同じ宗派の千葉の寺院で副住職を務めその傍ら吉沢の反原発運動のグループに入って志を同じくする人々と活動をしているという。

「原発坊主って呼ばれてる」はっはっはっはっはっと和尚は笑った。腹の底から声を響かせ周りの人まで愉快にさせる笑い方だった。

「君みたいな若い人が、こういう活動をやってるのは、僕らにとっては救いだよ」と吉沢が言った。

「僕は、原発が憎いです。でも、正直言って、まだよく分からないこともあって……。僕の父は福一で働いてました」

「双葉の人間は、ほとんどそうだよ」と吉沢は低い声で言った。

「自分の父親の仕事を否定されるのは、面白くないわな」と和尚は言った。

「……何と言うか、双葉の経済は原発で回ってきたところもあるじゃないですか。僕らも原発の恩恵に浴してきたところはあるわけで……」

「いや、分かるよ。君の言うことも。でも、いまとなっては原発が悪であることは、はっきりしたわけだ。何より、僕らのふるさとを奪った。君も被害者だ。それは分かるね」

吉沢はちょっと居住まいを正して坐り直し上着の内ポケットから古びた守り袋を出してテーブルに置き袋の中から和紙の包みを摘み出して広げると貝殻のかけらのようなくすんだ色の小さな物体を見せた。

「初めて言うけど、僕の祖父と祖母は広島で被爆した。これ、祖父の遺品。爪だよ」

光一は一瞬胸が苦しくなったが吉沢は続けて祖父は被爆がひどくて苦しみながら死んで祖母も被曝して遺体を始末することができなかったので爪を剝がして遺品にしたと言った。**爪のある生物の場合、強い放射線を浴びた爪は変形して簡単に剝がれる。**光一は爪から眼が離せなくなった。誰かが大きな声を上げて店員を呼んではーいと若い娘の声が響いた。

「祖母が被曝したとき母は、祖母のお腹の中にいて体内被曝をした。母は、ずっとそのことを隠して生きてきた。差別があるからね。母は、僕の健康もずっと注意を払ってた。鼻血なんか出したら、すぐ医者へ連れて行かれた。原発は、原爆と同じものなんだ。だから、僕はずっと原発に反対してきた」

吉沢は母親が全身を癌に侵されて亡くなったことを告げ遺品の爪を和紙で丁寧に包んで守り袋に入れ上着の内ポケットにしまって眼の前の少年を見つめた。

「僕は、双葉に日本で三発目の原爆が落とされたと思ってる。しかも日本人の手で。原発は、人間の手に負えるもんじゃない。核兵器は生物を絶滅させる最終兵器なんだ。おかげで僕らはふるさとに戻れない。ふるさとを奪われるってことは、終の居場所がなくなるってことなんだよ」

「終の居場所って……」光一が訊いた。

吉沢は箸でほっけの身を裂いている和尚のほうをちらっと見て、

「墓だよ」と言った「うちの墓は光雲寺にある。君は、墓のことはまだ実感できないかも知れないけど、ふるさとがなくなるってことは分かったでしょ、この七年間で」

「私は、その墓守をして、生涯を終えるつもりだった」と和尚はほっけの身を一つ口に入れた。

　吉沢は光一から手渡された地図を示して、

「これだけの空間がなくなるってことじゃないんだ」と言った。「ここの土地には、君の思い出がたくさんあるでしょ。記憶が染みついてる。君はまだ子供だから短いけど、でも、それだけの時間が、この土地には染みついてる。それまで、すっかり奪われてしまったんだ」

　朱鷺はヘアバンドを取って栗色の髪をふさふさと自然に戻した。少し若返ったように見えた。

「私も芋、もらおうかしら」

　吉沢は店員を呼んでコップを持って来るように言い、朱鷺が飲み始めてから大人の宴席になりコースの料理がすべて出てデザートまで食べ終わってしまうとシータは手持ち無沙汰になった。朱鷺が彼らとつきあうと言うのでシータは席を立ってスニーカーを履き、店を出るとき奥を見ると朱鷺はテーブルに肘をついて和尚と話しながら芋焼酎のコップを傾けていた。外はもう夕暮れ時で厚い雲が垂れ込め光一は駅に向かう道でたくさんの人々と信号待ちをしていて信号が青に変わったとき、この人たちはどこへ帰るのだろうか？　ハウスだろうかホームだろうか？　と思ってぽつりぽつり降り始めた冷たい秋雨に足を速めた。

　帰りの車中はあの爪がずっと見えていたのでたまらずに眼を閉じたら隣に誰かの気配を

感じ武志だと直感した。怒りを通り越した悲しみの気配を漂わせて何か呟いている――トリチウム、炭素－14、カリウム－40、マンガン－54、コバルト－60、クリプトン－80、ストロンチウム－90、テクネチウム－99、ヨウ素－129、ヨウ素－131、セシウム－134、セシウム－137、鉛－210、ポロニウム－210、ラドン－222、ラジウム－226、トリウム－232、ウラン－235、ウラン－238、ネプツニウム－237、プルトニウム－238、プルトニウム－239、アメリシウム－241、ヨウ素－131、134、137、ベータ線、ガンマ線、ストロンチウム90ベータ線、プルトニウム239アルファ線、ヨウ素131半減期八日、コバルト60半減期五年、セシウム137半減期三〇年、ラジウム226半減期一六〇〇年、プルトニウム239半減期二万四〇〇〇年、ウラン238半減期四五億年、カリウム40半減期一二億七〇〇〇万年、ルビジウム87半減期四七五億年、トリウム232半減期一四〇億年、呟きはいつまでも続いていたが光一は死者を悼むにはそうしなければならないと思ったのでずっと彼の静かな怒りを受け止めていた。

死者を悼むのは人間の特性のようだ。ほかの動物にそういう習慣はない。

なにかまったく未知のものが以前の世界をすっかり破壊し、人間に忍びこみつつある。入りこみつつあるのが感じられる。ある学者との会話を覚えているんです。「これは何千年にもわたるんです」と彼は教えてくれた。「ウランの崩壊、ウラン二三八の半減期ですが、時間に換算すると一〇億年なんですよ。トリウムは一四〇億年です」。五〇年、一〇〇年、二〇〇年、でもその先は？　その先はぼくの意識は働かなかった。ぼくはもう分からなくなったんです。時間とはなにか？　ぼくがどこにいるのか？

わずか一〇年すぎたばかりなのに、いまこのことを書くんですって？　無意味なことですよ！

私たちはプリピャチ市に住んでいました。原発のすぐ近くに。暗赤色の明るい照り返しが、いまでも目のまえに見えるんです。原子炉が内側から光っているようでした。普通の火事じゃありません。一種の発光です。美しかった。こんなきれいなものは映画でも見たことがありません。夜、人々はいっせいにベランダにでました。ベランダのない人は友人や知人のところに行ったのです。

地獄の焔は美しいのさ。

秋もだんだん深まってひときわ空気が澄んで物がくっきり見えるようになってきた。いわき駅の改札を出るとすでに朱鷺が待っていて二人はタクシーに乗り降りるときにシータが支払おうとしたら朱鷺は律儀に自分の分を出した。大川クリニックと看板のかかった施設の裏へ回ってチャイムを押すと、はいと歯切れのいい女性の声が聴こえ、朱鷺が来意を告げたらすぐにドアが開いた。暖炉のある広い居間に通されると白髪で眉毛も無精髭も白いしかし眼はしっかりものを見ている大川はゆったりしたソファーに坐ってすでに大きなグラスでウイスキーを飲んでいて傍らの手伝いらしい婦人にグラスを持って来るように言いつけ光一を見て、君は……とオレンジジュースでいい？　と訊いた。女性はグラスとオレンジジュースを持って来ると居間から下がった。

「ネットの地図で双葉を再現するっていうのは、面白い試みだね」とグラスを傾けながら大川は言い、柔和な眼の奥に冴えた光を湛えていた。

光一がいつものようにフクシマップの説明をし大川は、そうかこのあいだ亡くなった若者の……とソファーにもたれて遠くを見るような眼差しになりそして不意に何か思いついたように身を起こして、

「朱鷺さん、頭の体操だ。一緒に考えて欲しい」と言った。「古代のイスラエルは、ローマ帝国とバビロニア王国に攻められて崩壊した。国人は離散する。これがガルートだ。ヘブライ語で神罰を意味する。

世界中に離散したユダヤ人が、再び祖国を建てるためには、つまり、ユダヤ王国の復活が認められるかどうかは、世界に終末が訪れて神の審判が下るまで分からない。それまでは、

ただ、神罰の意味を考えて信仰に努める。これがユダヤ教の教えだよ」

朱鷺は頷いた。

「僕はずっと考えてきた。でも、これは今日初めて言うことだよ。原発事故で双葉の国人が離散したのは、ガルートなのかね」

「双葉の人に罪はないわ」朱鷺が強い口調で言った。「罪があるのは原発を造った人たちよ」

「でも、連中は守られてるじゃないか。直接の被害を受けてるのは双葉の国人だ」

「……そうか。あなたがいわきで医者をやってるのは、やっぱりそういうことなのね」

大川がまあそうだという顔つきで頷いたのは大川クリニックは小児科で彼は福島の子供たちの健康を守るためにここに留まっていたからである。

「神罰を受けるのは、原子力に手を出した人間そのものね」ウイスキーを一口飲んで朱鷺は言った。「双葉の国人に直接の罪はないけど、同じ人間ということで被害を蒙った。もらい事故みたいなものよ」

「……もらい事故か……」大川は呟いた。

「原子力を使いこなせるなんて、人間の驕《おご》りよ。自然にないものを使いこなせるはずがないじゃないの。人間は人間を超えられない。自然を超えられない。人間を超えよう、自然を超えようなんて思ったら、それこそ神罰が下る」

「……君、退屈じゃないかね」大川が光一を見た。「ほかの飲み物は？　お腹は空かないか？　なんか作らせようか？」

「この子、頭いいのよ」と笑顔で朱鷺は彼を振り向いた。

「核兵器は生物を絶滅させる最終兵器だって言った人がいました」と光一は言った。「最終兵器の意味を教えてください」

大川はグラスのウイスキーを一口飲んで、

「普通の兵器は、物理学的なダメージを与える」と言った。「手足が吹き飛んだり、内臓が破裂したりね。しかし核兵器は、生物学的なダメージを与えるんだ。強い放射線を浴びると、DNAが壊れるんだ。物理学的なダメージは、まだ治すことができる。DNAが壊れたら治すことはできない。人間は六〇兆個の細胞でできてる。細胞の寿命はそれほど長くない。だから新しい細胞が生まれて、死んで、また新しく生まれる。その繰り返しで、僕らは生きてる。十年もすれば体の細胞は、ほとんど入れ替わる。細胞だけ見れば別人さ。しかし放射線はDNAを破壊して、細胞分裂を阻害する。新しい細胞が生まれなくなる。だから、最終兵器だよ」

ドクター・大川の話をもう少し詳しく説明してやろう。俺のような細胞を発見したのはイギリスの科学者ロバート・フックで『ミクログラフィア（顕微鏡図譜）』（一六六五年）で初

めてcellって用語を使った。一八三八年ドイツの生物学者マティアス・ヤコブ・シュライデンが植物の基本単位が細胞であることを唱えて、翌年やはりドイツの生物学者テオドール・シュワンが動物も同じであることを確認した。そしてドイツの医学者ルドルフ・ルートヴィヒ・ウィルヒョウのすべての細胞が細胞から生じるという結論で細胞説が完成した。すなわち①すべての生物は細胞から構成されている。②細胞は生物の構造と機能における最小単位である。③細胞は細胞から生じる。ちなみに細胞＝生物の定義は外界から膜で仕切られて、代謝をおこない、自己複製をすることだ。日本では江戸期の本草学者・宇田川榕菴《ようあん》が『理学入門植学啓原』で初めて細胞っていう用語を使ったが、このとき榕菴は植物の構造を説明するためにこの用語を使ったのであって、現代の意味で細胞って用語がもちいられるようになったのは明治期からだ。細胞は、核、細胞質、細胞膜からできてて、細胞の中は細胞質に満たされてる。内容のほとんどは水分子で、ほかにもミトコンドリアやゴルジ体やさまざまな物質と構造体が含まれてるが、もっとも重要なのは核で中にあるＤＮＡは四つのヌクレオチドが鎖状につながった紐になってて、それが規則正しく折りたたまれて染色体になってる。次に重要なものはリボソームでタンパク質の合成装置だ。細胞はタンパク質を作るためにあって、タンパク質はアミノ酸がつながってる物質で生物が生きるために不可欠な要素だ。細胞はタンパク質を自前で作ることができるから生物のいのちを維持することができる

んだ。ＤＮＡはこの細胞の分裂を助けて機能なんかの指令を出すからいわば生物の設計図と言ってもいい。強い放射線はＤＮＡを破壊して細胞の増殖死をひきおこす。増殖死ってのは細胞の分裂能が失われることでつまり、ドクター・大川の言う通り「細胞分裂を阻害する」。だからＤＮＡの破壊は生物のいのちを根源から損なう傷となるってわけだ。

話を戻そう。

大川はソファーにもたれて大きな溜め息をついた。

「僕はね、原発を造るときに反対しなかったんだ。積極的に賛成したわけじゃない。でも、原発ができて地元の人たち、特に農家でやっていけない人たちが、やっていけるようになるならいいか、と思った。……いまは後悔してる」

「まだ遅くない。騙《だま》した連中は卑劣だけど、騙されたほうも愚かだわ。人間は愚かだけど、気づいたら改めることができる」

朱鷺は言い、グラスを差し出してウイスキーを催促し大川が注いだ。

「双葉の放射能がなくなるまでには、長い時間がかかる。でも、あなたは、人間の過ちに気がついた。百万回でも生まれ変わって、新しい双葉を創るのよ」

「もう、人間は懲り懲りなんだけどなあ」

大川は光一から手渡された住宅地図を広げて眺め、小さな町だなと呟いた。

「小さな町よ。でも、大きなふるさとよ」

「朱鷺さんは、なぜ、いわきにいるんだい？」

彼女はこともなげに、双葉の主に頼まれたのと言った。

「樹齢四百年の欅《けやき》」

「双葉にそんな樹あったっけ？　前田の杉は知ってるけど」

「みんな知らない。自然に無関心だから。あるの。その主が、自分が双葉を守るから、そばにいて一緒に守ってくれって」

大川は笑いながら、この人は樹と話をするんだと言い、光一は冗談かと思ったが朱鷺が笑わないので笑わなかった。この人は何万メートルもある海溝のように奥深くてまだまだ底が分からないと思ったのである。

オメガが語るには強い放射線で被曝した患者の病状は進行が早く治療が追いつかないのだった。

大内の病状は眼に見える部分でも悪化し始めていた。まず症状が出たのは皮膚だった。

胸に貼った医療用のテープをはがすと、テープを貼った部分の皮膚が、そのまくっついて、取れてしまうようになった。テープをはがした跡は、消えなかった。次第にテープが使えなくなり、被曝から一〇日目の一〇月九日にはテープを皮膚に貼ることは一切禁止とされた。

右手には火傷の跡のように水ぶくれができた。また、タオルで足を洗ったり、ふいたりしたとき、こすれたところの皮膚がめくれるようになった。(中略)

中性子線など放射線のエネルギーは、放射線を出す場所(線源)からの距離の二乗に反比例する。つまり、距離が二倍になるとエネルギーは四分の一になる。これは線源から二倍離れると照射される面積が四倍になるからである。線源から少し離れただけでも、体が受ける影響はずいぶん小さくなるのだ。

このことからわかるように、大内が浴びた中性子線は体中で均等だったわけではなく、体の部分部分で大きな開きがあった。こうした被曝の仕方を不均等被曝という。

大内は臨界になった沈殿槽に体の右側を近づけるような姿勢でロウトを支えていた。このため手足を除く胴の部分でもっとも被曝量が多かったのは右の腹部だったとみられている。放医研(放射線医学総合研究所)による被曝線量の推定では、右の腹部に浴びた中性子線量は全身で平均した線量の五倍強とされている。

それぞれの部位では浴びた線量によって症状に差が出ていた。皮膚の状態は最初から赤くはれていた右手のあとを追うように、日に日に、目に見えて悪くなっていった。最終的には臨界になった沈殿槽からかなり離れていた足の皮までがむけた。

健康な人の皮膚はさかんに細胞分裂している。皮膚の表面にある表皮では、基底層という一番下の部分にある細胞が分裂して、新しい細胞を作り出している。基底層で作られた新しい細胞に押し出されるようにして、細胞は徐々に表面に向かっていく。そして古くなった表皮の表面の細胞が垢となってはがれ落ちる。

しかし、大内の場合、基底層の細胞の染色体が中性子線で破壊されてしまい、細胞が分裂できなくなっていた。新しい細胞が生み出されることなく、古くなった皮膚ははがれ落ちていった。体を覆い、守っていた皮膚が徐々になくなり、激痛が大内を襲い始めていた。

この辺で原子力がどういうものか簡単に説明してやろう。いまから二四〇〇年ほど前、ギリシャのデモクリトスという哲学者が、すべての物はそれ以上分割することのできないatomos《アトモス》からできてると考えた。これがのちにatom《アトム》、つまり原子と言われるようになったわけだ。人間の科学者ってのは面白い連中だ。好奇心が旺盛で何でも知りたがる。原子もその対象になった。一八〇三年にイギリスのドールトンが原子説を発表した。いわく、「元素は、原子という小さな粒からできている。同じ元素の原子はみな等しく、元素が違えば原子も違う。水素や酸素などは一種類の原子からできており水の原子には、水素や酸素の原子が含まれている。物質の変化は、原子の集まり方がかわるだけであってそれぞれの原子は、一定の重さを持っていてなくなることも壊れることもなく、新しくできるということもない」。

一九一三年、デンマークのボーアが、「原子は、重くて小さい原子核の周りを電子が取り巻いている」と証明した。原子核は、原子の中心にあって、原子の直径一〇万分の一ほどの大きさで、陽電気を持ってる。このころ、科学者たちのあいだでは、自然界でもっとも重い元素・ウランに中性子をぶつけて、さらに重い元素・超ウラン元素を作り出す実験が始まってた。一九三八年、ドイツからスウェーデンに渡ったオットー・ハーンが、この実験で妙な結果を得たんだな。できたものが超ウラン元素じゃなくて、半分ほどの重さのバリウムだったんだ。要するに、ウランの核に中性子がぶつかって、バリウムやらなんやらの化学物質に分裂したってことだ。信じられない！　オットーは親しい学者仲間のマイトナーへ手紙を書いた。彼女は甥のフリッシュとオットーの報告を吟味して、もし実験の結果に間違いなければ分裂のとき約二〇〇MeVのエネルギーが放出されるはずだと計算して、念のためにアインシュタインの$E=mc^2$の公式を使ってみた。彼の相対性理論は、ウランみたいな重い原子核が分裂したり、水素みたいな軽い原子核が融合したりすると、原子核を結合させているエネルギーが放出すると説いてた。ただ、あくまでも理論に過ぎなかったんだ。ところがなんと、マイトナーが眼にしたぴったり同じ数字。理論が現実になった瞬間だ。オットーの実験の結果は、一個の原子核が分裂すると膨大なエネルギーが放出されることを証明してた。マイトナーとフリッシュは論文を書いて、この現象を生物学 fission（細胞分裂）で説明した。オットーは核分裂を発見したんだ。これは偶然だ。しかし皮肉な魔の偶然だな。核分裂で放射線を浴びた生物が、細胞分裂できなくて死んでくんだ。いま人間たちが使ってる原子力ってのは、この核分裂を利用したものさ。人間は馬鹿な生き物だ。自分で自分の首を絞めてやがる。

翌週は東京駅で待ち合わせて名古屋へ行ったのだがのぞみの中で朱鷺はずっと本を読んでいてワゴンを押した女の乗務員が来たときにコーヒーを注文し光一にはバニラアイスを買ってくれた。何の本を読んでいるのだろうかとちらっと見たら表紙には見たこともない文字があったので何の本か訊いたらヘブライ語を勉強しているのだと応えた。『コリアン食堂』は名古屋駅からタクシーに乗って少し走ったところの中華やイタリアンの店が並んでどこかか食べ物の匂いが漂ってくる商店街にあり昼時だったので表には人が並んでいて二人はその後ろについた。空は青かったが、少し風が吹いていて肌寒かった。しばらくすると店内から頭にバンダナをつけた女性が現れ、何名様ですか？　と彼らに声をかけた。くっきりした二重瞼が印象的で鼻も口も大作りな見覚えのある顔に、

「仁美さん、柏木光一です」と光一は言った。

女性は大きな眼をさらに見開いて、

「光ちゃん？」と驚いた表情になった。「分かんなかった」

仁美が、この人は？　という眼を向けたのを見て、アシスタントですと朱鷺は言った。

「まず、ランチを食べてください。それから話を聴きます」と仁美は言った。

順番が来て二人はフロアへ通されカウンターとテーブルが三、四席の狭い店の奥の席に着いた。仁美はカウンターの向こうで調理をして次々と料理を盛った皿が運ばれて来てテーブルの上はいっぱいになった。ランチの時間はしばらく続くからゆっくり食べるように言われ彼らは一皿ずつ味わいながら食べた。双葉にいたとき芳恵がこの店の料理が好きで食事を作るのが面倒になると家族で食べに来たもので今朝家を出るときも、あそこの料理食べたいなと芳恵は懐かしがっていた。光一は甘くて辛いトッポギが好きで孝光はマッコリを飲みながらオイキムチをつまみ芳恵は幼い由香と一つのビビンバを分け合い仁美は勘定をして帰るとき必ず子供二人にキャンディーをくれた。

デザートのフルーツゼリーを食べ終わっても人は絶えずやって来たが店に入って一時間近くが過ぎてようやく人足がまばらになって仁美はそれぞれの客に料理を出し終えると自分の分のコーヒーを持って二人のテーブルに坐った。店が休業している日に来ればよさそうなものだが仁美はほかにも仕事を持っていて休業の日にやっていた。

「はあ」と彼女は息をついてコーヒーを飲んだ。「お待たせしました」

朱鷺は、早くしなさいと眼で光一を促し彼はリュックから地図とレターパックを出して一通り早口で説明して彼女が描ける地域の地図のコピーと渡した。仁美が名古屋に避難したのは子供のためで彼女は声をひそめ、

「福島は、低線量被曝の問題があるでしょう？」と言った。「事故があったとき、うちには二歳と四歳の子供がいたから、選択の余地はなかったわね。だって、十年、二十年経たないと、体にどういう影響があるか分からないじゃない。チェルノブイリがそうでしょ？　国は年間二〇ミリシーベルトまで大丈夫だって言うけど、それって、大人でも緊急事態のときの基準だからね」

俺が思うに日本国民の細胞は平等だ。同じ人間だからな。日本国民の中で福島県民だけが放射性物質に対する耐性が強いわけがない。しかしどうやら日本の国はそう考えてるようだ。

朱鷺が頷くと、子供には怖いですよねと仁美が同意を求めるように言った。カウンターの客が立ち上がり仁美は目聡く気づいて、ありがとうございましたと言い、レジで会計を済ませまた戻って来た。

「……あの、失礼ですけど、どこかでお見かけした気がするんですが、さっきから考えてる

んだけど、どうしても思い出せなくて」仁美は困った顔つきになった。

「私は、双葉で駄菓子屋をやってました。あなたは、何回かお子さんと来てくれましたよ」

仁美は得心がいったように大きく頷いて、駄菓子屋さん……と呟いた。

「お子さんは……」

「います」

光一は朱鷺の家族の話を詳しく聴いたことがなかったので朱鷺に子供がいたことを知らなかったが朱鷺は話を続けるつもりがないような口調で言い終わったのでそれきり仁美も彼も訊かなかった。ドアが開いて客が入って来て光一を見る朱鷺の眼が、そろそろ帰りましょうと言っていたので光一は財布を出してリュックを背負った。仁美はわざわざ来てくれたんだからと料理の代金を受け取らず、二人は歩きながらタクシーを拾って駅まで戻り新幹線のチケットを買ってまたのぞみに乗った。発車してしばらくは二人とも黙っていたが光一は一つ咳払いして、

「朱鷺さんは、どうして獣医やめたんですか？」と訊いた。

「たくさん動物を死なせたから……」また沈黙があったがしかし光一はどうしても訊かずにはいられなかった。

「朱鷺さん、子供さんはどこにいるんですか？」

「ずっと、そのこと訊こうと思ってたでしょ？」朱鷺は彼の好奇心を察していたように言い、彼は無言で頷いた。

「双葉よ」

光一は朱鷺の言っていることがよく分からなかったのは双葉町が帰宅困難区域で人の住める土地ではないからで朱鷺の子供は生きている人間ではないのか。

「私の子供は欅に抱かれてる」

それきり朱鷺は黙ってしまったので光一はそれ以上のことが訊けず車窓を素早く流れてゆく景色を眺めているしかなかったが彼の心に映じていたのは立派に年を重ねた老人のような欅の樹だった。

被曝した患者が急速に衰えていく痛ましい様子をオメガは詳しく語っていく。

一〇月一五日、被曝から一六日目、岡本は腸の内視鏡検査のため、初めて大内の病室に入った。大内の皮膚は、すでにずいぶん、はがれ落ちているように見えた。

岡本は大内の腸内の組織を傷つけないよう、通常より細い内視鏡を用意した。体内に入る部分は念のため二重に消毒した。

内視鏡検査でもっとも危険なのは、操作を失敗して腸に穴をあけてしまうことだ。もし誤って穴をあけてしまった場合、すぐに開腹して手術がおこなわれる。しかし、大内の体が手術に耐えられるわけはなかった。岡本は緊張し、「こわい」と思った。

内視鏡を入れると腸は激しく動いていた。岡本は夢中で内視鏡を操作した。ベテランの岡本が腸がどの部分まで内視鏡が入っているのかさえわからないほど緊張していた。

腸の粘膜は血液や皮膚とならんで、放射線の影響をもっとも受けやすい。粘膜は皮膚と同じように内部にある幹細胞がさかんに分裂して表面に向かっている。表面にある古い細胞は、はがれ落ちて新しいものと入れ替わる。このため、大量の放射線に被曝して幹細胞がダメージを受け、細胞分裂ができなくなると、消化管障害の症状が現れる。その時期は被曝からおよそ二週間前後と言われていた。

しかし、このとき大内の腸は岡本の予想に反して、粘膜が保たれていた。小腸にある絨毛というひだのような組織がなくなって、表面が多少ざらついていた。ダメージを受けていることは確かだったが、腸の粘膜はなくなってはいなかったのだ。岡本はこの日のカルテに「肉眼的には正常に近い粘膜であった」と記している。

この報告を受けた前川は腸から栄養が吸収できるかどうか試してみることにした。

翌一六日午後九時、大内の鼻から胃に通されたチューブを通して栄養剤を投与した。一五〇グラム中、約一〇〇グラムが大内の腸内に流れていったとみられた。一七日午後一時頃、緑色の粘液のようなものが便として出てきた。重量は一〇〇グラム。前川は腸の粘膜から栄養が吸収されていないと判断し、栄養剤の投与を断念した。

一〇月一九日、被曝から二〇日目、大内は「ローリングベッド」という重症患者用のベッドに移された。その名のとおり、電動で少しずつ揺らすベッドで、左右それぞれ五五度の角度まで傾かせることができる。大内は鎮静剤によって、眠っていることが多くなった。また人工呼吸器を付けていたため、仰向けのまま体を動かせなかった。こうした状態がつづくと合併症の起きる危険性が高くなる。分泌物が背中側にたまり、肺が酸素を取り込めない状態になったり、肺炎を起こしたりすることがあるのだ。

◇

翌々日の午後朱鷺から一枚のDVDが宅配で届いて添えられたメモには南野さんが私と私の子供のことをポトゥにしてくれました、ここに収録されていますとあり光一はためらいよりも朱鷺のことを知りたい気持ちがまさって、部屋でパソコンを開いてDVDを見た。久し振りに見るポトゥアの南野老人はスタジオらしいしかしそれほど広くない部屋でスポットライトを浴びていつものように風呂敷に包んである布の絵巻物を取り出し胸の辺りで少し開いて、「朱鷺の物語」と演題を述べた。

◇

少女が生まれたのは、日本。東北と呼ばれる地方の、双葉町でした。双葉——植物が育ち始めて、葉が出るころ。転じて、物事の始まりをいいます。ひとりの少女が生まれるのにふさわしい土地です。

ふたりのおじいちゃんも、ふたりのおばあちゃんも、たいそう歓んだ。もちろんお父さんとお母さんは、いうまでもありません。初めての孫、初めてのこどもでしたから。一姫二太郎、とひとりのおじいちゃんがいいました。初めてのこどもは、女の子がいいということです。

お母さんは、ひとつのいのちを世に送り出すために、自分のいのちを捧げました。星になったのです。太郎は生まれませんでした。少女は日本の尊い鳥にちなんで朱鷺と名づけられました。鳥の名前をつけられた少女でしたが、なかなか囀《さえず》ることをしません。ことばが遅かったのです。あっ、とか、うっ、とかは言う。泣きもする。笑いもする。でも、ことばが出ない。歩くようになってもしゃべりませんでした。

ふたりのおじいちゃん、ふたりのおばあちゃん、お父さんは心配して、お医者に診せました。でも、体は普通です。どうしてしゃべらないんだろう？　みんなは朱鷺に話しかけました。朱鷺、おじいちゃんだよ。朱鷺、おばあちゃんだよ。朱鷺、お父さんだよ。でも、朱鷺はしゃべりません。

ところが――

ある夜、朱鷺の姿が見えないので心配したお父さんが家の中を探すと、納戸の中から声がするのです。こどもの声です。お父さんはそろりそろりと戸を開けました。朱鷺が眩しそうにこちらを向きました。

朱鷺が、いま話しでたのは、とお父さん。

こくりと朱鷺は頷きました。お父さんは狭い納戸の中を見回しました。誰もいません。

誰と話しでたの。

おかあさん――お父さんが聴いた初めての朱鷺のことばでした。

朱鷺は、星になったお母さんだけではなく、動物とも話します。牛のことばが分かります。馬のことばも、山羊のことばも。もちろん鳥のことばも。花とも話します。草とも話します。樹とも話します。石とも話します。

不思議だと思いますか？　でも、ほんとは、こどもはそういうものです。大きくなるに連れて、不思議な力を失っていくのです。ただ、朱鷺は違いました。もっと大きくなってからも、動物や樹と話すことができたのです。

朱鷺は、遠く離れた外国のことをよく知っていました。渡り鳥から聴いたのです。アジサシャコウノトリ。タンチョウやミサゴ。みんな、見てみたいですね。行ってみたいですね。朱鷺はそれをまるで見たように、行ったように知っていたのです。

このことは家族の秘密でした。誰かに知られたら朱鷺の頭がおかしいと思われかねません。大人たちは、自分がこどものころに持っていた不思議な力のことは忘れていますからね。でも、家族のあいだでは、一緒に暮らしている牛や馬や犬や猫の体が悪くなると、朱鷺に聴いてもらっていました。

朱鷺が高校生のころです。お父さんが病気になりました。悪い病気です。それから何か月かしてお父さんも星になりました。

朱鷺はお母さんのほうの、おじいちゃん、おばあちゃんの家で暮らすことになりました。

ある日、おじいちゃんが訊きました。

朱鷺は高校を出だら、どうすっぺ？

私、獣医になる。

動物のお医者になるというのです。朱鷺にぴったりの仕事ではありませんか。おじいちゃんもおばあちゃんも、大賛成です。

しかし獣医になるためには、難しい試験があります。まず、獣医になるための大学へ入らねばなりません。朱鷺は予備校に通って一生懸命に勉強しました。岩手大学に合格しました。

農学部の獣医学科に入りました。

獣医は、人間以外の、どんな動物も診なければなりません。世界中にどれぐらいの動物が生きているか知っていますか？　七七七万種類です。人間のお医者は、人間の心と体が分かっていればいい。

ところが動物のお医者は、七七七万種類の動物の心と体が分かっていないといけないのです。動物に心があるかって？　あります。立派な心があります。ライオンはジャングルを治める勇敢な心を持っています。犬や猫は人間に寄り添う優しい心を持っています。

草や木や花にも心はあります。人間がそれに気づかないだけ。朱鷺には分かりました。だから、朱鷺は花や樹の病気を治すこともできたんです。朱鷺は樹のお医者でもありました。大学を卒業すると、朱鷺は双葉町に戻りました。おじいちゃん、おばあちゃんと暮らしながら、動物の病院を開いたのです。病院には、いろいろな患者がきました。往診もしました。農家の牛や馬を連れて来るわけにはいきませんからね。

朱鷺が動物病院を開いて、いちばんいい仕事をしたのは、双葉町の守り主である欅を救ったことです。樹齢四百年のたいそう立派な樹でした。それがだんだん枯れてきて、町の役所は樹の専門家である学者と相談して、伐採をすることにしたのです。それを知った朱鷺は、学者を訊ねました。

学者は、大学で樹木の研究をしていました。この人も樹についての知識は深かったのですが、朱鷺と違って、樹の心の中に入りこみ、体との関係を考えながら、治療をすることはできませんでした。

たとえていえば、朱鷺は感度の高いアンテナです。学者のアンテナは、朱鷺には及びませんでした。しかし学者ですから意地があります。学者とは、そういうものです。若い娘のいうことを素直には聞きません。

根腐れしているし、腐朽の箇所は、幹の内部にまで及んでいる。伐採しかない、と学者はいいました。

あの欅は生きようとしていますよ、と諭すように朱鷺はいいました。

朱鷺は町長に手紙を書きました。どうすれば欅を活かすことができるか、詳しく治療法を説明したのです。

こういう樹木は、ほんらい森林で生まれて育ちます。森林には樹木が生きていく自然の流れがあります。新しく咲いた葉も、伸びた枝も、ときが経てば地面に落ちて、虫や菌類の働きで腐葉土になり、樹木の滋養になります。人の手を介した農作物とは違うのです。

けれど、欅が立っている場所は丘の上で、まず、土が違います。土から整えなければなりません。水の流れと通気性をよくし、ミミズや微生物が活動できる、弱酸性の土にするのです。

それには、病んだ欅の周りに深さ一メートル、幅〇・五メートルほどの溝を掘り、有機質の土壌改良剤を入れて埋め戻し、一年ぐらい様子を見ます。即効性の肥料や石灰は使いません。

その後、欅の具合を見て、腐ったところは削り取り、周りの治癒しつつあるところも少し削ります。そして、キノネデールを病んだところに貼りつけ、通気性のある遮光シートで被い、棕櫚《しゅろ》縄で仕上げます。さらに、二、三年は様子を見ます。

確かに、この欅は心材部にまで腐朽が及んで、病んだところの面積が広く、このまま枯死してもおかしくないほど病は進んでいたのですが、不定根が出ていたのです。

不定根とは、普通の根と違って、幹から伸びてくる根です。樹木は生きる力が衰えて、本来の根が使えなくなったとき、不定根を伸ばします。これは樹木の生きようとする意志の現れなのです。

朱鷺は、空洞になっている幹の中に不定根が出ているのを見て、この欅の生きようとする強い意志を見ました。学者も不定根の存在には気づいていたはずです。しかしこの程度では生きることができないと判断したのでしょう。

朱鷺は違っていました。この欅は四百年間生きていて、これからもまだ数百年間は生きようとしている。それを欅の心から聴き取ったのです。

土を森林のもののように変えてゆき、樹皮の病んだところをだんだん治し、不定根をさらに伸ばして樹体を支える支持根とする。治療するというよりも、樹木じしんが回復するのに手を貸す――それが朱鷺の治療の考え方でした。

数日後、朱鷺の動物病院に一台の乗用車が停まりました。降りてきたのは町長です。

君に欅の治療を任せたい、と彼はいいました。あの樹には、私も思い出がある。助けてやって欲しい。

それから四年後――欅は少しばかりいびつな格好にはなりましたが、生きる力を回復して、立派に枝を広げていました。

学者は自分の考えを否定されて不満気でした。しかしこの人物は、事実をきちんと受け止めて、科学的に判断することのできる度量を持っていました。それから樹木の治療の依頼があると、朱鷺の意見を聴きに来るようになったのです。

朱鷺は、自分より二十歳も年上の、この学者と対等に議論をしました。それは科学者同士のすがすがしいつきあいでした。学者は思ったことをいい、朱鷺は遠慮なく意見します。喧嘩に近い別れ方をすることもありました。

ところが、しばらくすると、また学者はやって来ました。朱鷺も何事もなかったように迎えます。そういうつきあいが何年か続いて、気がつくと、二人は同じベッドで寝ていました。男女の仲は不思議なものです。それは人間が不思議な生き物だからです。

　学者には、長年連れ添った妻もいましたし、二人のこどももいました。朱鷺は、そのことを十分に承知していました。だから、同じベッドで寝ていることに気づいたとき、学者の静かな寝息を聴きながら、どうしてこんなことになったのだろう？　と考えていました。

　朱鷺と学者は、科学者同士のつきあいを続けながら、男女のつきあいも深まっていきました。そして、ある日、朱鷺は自分の中に、小さないのちが宿っていることを知りました。学者は、驚きもせず、
　君は、どうしたい？　と訊きました。

　分からない、と朱鷺は応えました。それは本心でした。彼女は学者と結婚できないことは分かっていました。彼に家族を捨てるつもりはなかったのです。

　産みたいなら産んでもいいよ、と学者はいいました。

　自分の中に宿ったいのちを育み、この世へ送り出してやりたい、という気持ちはありました。しかしそうすると、この子をひとりで育てていかなければならない。それは覚悟のいることでした。おばあちゃんは、
　産めばいい、と穏やかにいいました。子供は授かりもんだ。おらが育てる。

お年寄りはすごいですね。歳を重ねるということは、人間が大きく深くなっていくということです。朱鷺は、ひどく心が落ち着いたことを憶えています。彼女の気持ちは、出産のほうへ傾いていました。

そんなとき、朱鷺の家へ一人の婦人が訪ねてきました。物静かで、上品な女性で、指にサファイアの青い石が光っていました。おばあちゃんが取り次いでくれました。二人は近所のファミリーレストランで向かい合いました。

何か月になりました？　と婦人は尋ねました。

四か月です、と朱鷺は応えました。

婦人は少し厚みのある茶封筒をテーブルに置いて、朱鷺のほうへすうっと押し出しました。主人がお世話になったお礼と、こどもの始末にかかる費用です。

お金は受け取れません。

それはお金じゃないわ。立ち上がった婦人は朱鷺を見下ろしていいました。今後、一切主人との関係を断つという、あなたの覚悟よ。

そのまま婦人は去りました。朱鷺は茶封筒を見つめたまま、同じベッドで寝ているときの、学者の寝息を思い出していました。

家に帰って、すでに相手が誰かを勘づいているおばあちゃんに訊かれるまま、朱鷺はあったことを話しました。

そうが、始末しろってか。

朱鷺は、こんなお金をもらういわれはない、といいました。すると驚いたことに、おばあちゃんは、
もらっておげ、というのです。

だって。

大人のけじめ。

子供を始末するためのお金よ。

子供を育てるための金だ。

朱鷺はおばあちゃんのいうことがよく分かりませんでした。

動物病院は、どこでもできるっぺ。おばあちゃんはいいました。双葉さ出ればいんだ。

それは考えたことがありませんでした。朱鷺が双葉町を離れたのは大学で学んでいたあいだだけです。あとは、ずっとこの町で暮らしてきました。

おばあちゃんも来る？

行がね。おらは、ここに残る。じっちゃんもな。

朱鷺が考えていると、

もうひとり立ちしてもいい歳だ、とおばあちゃん。

考えさせて、と朱鷺はいいました。その夜、朱鷺は夢を見ました。あの欅が現れて、彼女に話しかけたのです。

子供は、私の根元に埋めなさい。私の中で生かしてあげます。

朝になって、朱鷺は寝床の中でぼんやりと欅のことばを考えていました。あの欅は、こどもを産むなといっているのかしら。でも、それはできない。私は産む。朱鷺の心は、もう決まっていました。

赤ちゃんはだんだん成長していきます。五か月になり、六か月になりました。朱鷺はまだ双葉町で動物病院を続けていました。もう少ししたら町を出て、大学の恩師に紹介してもらった九州の動物病院に移り、その土地でこどもを産んで、一緒に生きていくつもりでした。

朱鷺の動物病院に往診の依頼がありました。馬の具合が悪いというのです。彼女は聴診器や注射器の入ったバッグを車に載せて動物病院を出ました。道路はいつものように空いていて、すぐに着きました。

馬の主と厩に行って、馬の診察をしました。特に悪いところはないようです。主も、さっきまで具合悪そうに横になっていたのだが、先生が来る前、起ちあがったといいます。朱鷺は薬を処方するまでもないので、しばらく様子を見るようにいいました。

そのとき——

馬は不意に興奮していななき、暴れ始めました。危ないと思った瞬間、馬の後足は朱鷺の腹を蹴っていました。朱鷺は柵に飛ばされ、地面へ横倒しになりました。激痛が襲いました。ジーンズにじわじわと血が滲みます。乾いた土の上に赤いしずくがぽつりと一つ落ちました。

馬の主は慌てて救急車を呼んでいました。通っていた産婦人科に運びこまれて、緊急の手術となりました。麻酔が醒めた朱鷺は、こどもが死んだことを聞かされました。赤ん坊は自分が弔うから遺体は渡して欲しいといいました。

女の子でした。朱鷺はこどもの名前を考えていました。男の子だったら獅子、女の子だったら兎。動物の名前をつけようと思ったのです。朱鷺は、体調が回復するまで数日のあいだ、兎と一緒に寝ていました。

涙が止まりませんでした。おばあちゃんは何もいいませんでした。ただ、ずっとそばにいて朱鷺の背中を撫でてくれました。

やっと立ちあがれるようになって、朱鷺は兎をバスタオルに包み、シャベルを持って車で家を出ました。一心に走りました。あの欅のところへ。

欅は、夜の底にすっくと立っていました。朱鷺はシャベルを持って車を降りました。休み休み、長い時間をかけて、根元に一メートルほどの穴を掘りました。そして、バスタオルに包んだ兎を抱いて、その穴へ優しく寝かせました。

生かしてください、生かしてください。朱鷺は呪文のように唱えながら、穴を埋め戻しました。

欅は、春になって、いつもの年よりたくさんのみずみずしい葉を茂らせ、夏になると、たくましい蟬しぐれを降らせました。そして、秋になっても、冬になっても、葉を落とすことがありませんでした。

人間の子供の細胞は、大人よりも放射性物質の影響を受けやすいようだ。

息子は血液の病気です。でも、病名は口にするのもいや。この子と病院にいて、この子は死ぬんだわと思う。それから、そんなふうに考えちゃいけないってわかったんです。トイレで泣きました。どの母親も病室じゃ泣きません。トイレや浴室で泣くんです。明るい顔をして病室に戻ります。

「ママ、ぼくを病院からつれて帰って。ここにいるとぼく死んじゃうよ。みんな死んでるんだもの」

どこで泣けばいいの？　トイレ？　あそこは行列よ。私のような人たちばかりなんですもの。

大量の放射線によって新しい細胞が生じなくなることは患者の生理機能が奪われていくこ

とを意味するとオメガは語った。

被曝から二七日目の一〇月二六日、突然、大量の下痢が始まった。前川がもっとも恐れていた事態だった。

大内は事故直後に下痢の症状があって以来、下痢は止まっていた。これで大丈夫だろうかと思っていたところに始まったのである。ただし、これまでの被曝事故のケースで報告されているような血の混じった便ではなく、緑色の水のような便が出ていた。

原因は二つ考えられる。GVHDと放射線障害だ。しかし、この二つは症状がよく似ており、区別がつきにくい。翌二七日のカルテには「GVHDの兆候として、紅斑《こうはん》や黄疸《おうだん》は見られない。しかし、早朝に緑色水様性の下痢がみられるので、これがGVHDによるものか、消化管粘膜の放射線障害によるものなのかは今のところ鑑別が困難である」と記されている。

急遽、消火器内科の岡本がよばれ、大腸の内視鏡検査がおこなわれた。モニターに現れた大内の腸の内部は、粘膜がなくなって粘膜下層とよばれる赤い部分がむき出しになっていた。死んだ腸の粘膜は所々に白く垂れ下がっていた。この状態では消化も吸収もまったくできない。接種した水分も下痢になって流れ出るという状態だった。

十二月に入った小春日和の日曜日の午後いわき駅の近くにある共同ビルのNPOの事務所にスタッフが集まることになって光一も初めてスカイプでなく対面の会議に出席することになった。双葉町のフクシマップのテスト版ができたのでみなへのお披露目を兼ねてランチ会をするためで部屋にはスクリーンとパソコンが置いてあってそれを料理の載ったいくつかのテーブルが囲んでいた。何人かの若いスタッフが紙皿や割り箸を置いてランチ会の支度をしていて光一は促されて一つのテーブルについた。そのうちだんだん人が集まって来て二十人ほどはいるだろうかテーブルはいっぱいになり光一の両隣には初めて見る年配の男性と若い女性が坐った。

「今日は、お集まりいただいて、ありがとうございます」と瀬尾が挨拶を始めた。「いつもスカイプで会議をしているので、直接お会いするのは初めてという方もいらっしゃいます。私は、当NPOの副代表・瀬尾と申します」

人々はぱらぱらと拍手をしたり頷いたりした。

「初めに残念なお知らせをしなければなりません。もう、ご承知だと思いますが、当NPOの代表・須賀武志が亡くなりました。しかし、彼も今日のフクシマップのお披露目には立ち会っていると思います。彼の魂に挨拶をしましょう。どうぞ、お立ちください」

みなが立ち上がった。

「黙禱」瀬尾が言った。

しばらく部屋には静寂が訪れた。オートバイのエンジン音が近づいてきて遠ざかって行った。

「お直りください。では、初めにプロジェクト・リーダーの柏木光一君をご紹介します」

聞いていなかったので光一の胸は轟いた。

「光一君、立って。礼」

言われるままに立ち上がってみなに一礼したらロボットのようなその動きに笑いが起こった。

「では、まず、料理をお取りください。食事をしながらお披露目をしたいと思います」

みなそれぞれにテーブルを回って紙皿に料理を取って席に戻りそれを見計らってフロアの電気が消されスクリーンに双葉町の地図が映った。

「これだけだと、普通の住宅地図です。ここからがフクシマップの見せ所です」

カーソルが双葉町の正福寺に止まってクリックされショパンの『子犬の散歩』が流れて少し枯れた低い男の声が響いたのはポトゥアの南野で光一がアイデアを出してナレーターを頼んだのだ。深く染み入るような味のある彼の語りにつれて伽藍が現れ古い梵鐘が大写しになる。

わだしがチャリンコに乗れるようになったのは保育園の年長さんでしたぁ。三輪車に飽きて、自転車が欲しいとだだこねでぇ、お祖父ちゃんにチャリンコ買ってもらいましたぁ。んでも、なかなか補助輪を外さんにぇがったですぅ。

年上の人たちは、補助輪なくてもすいすい走って行ぐのに、わだしは補助輪のチャリンコでもたもたでしたぁ。助けでくっちゃのは、近所の上級生のお姉ちゃんのゆっこちゃんですぅ。小学二年生でしたぁ。

ゆっこちゃんは、正福寺さわだしを連れでって、まず、チャリンコを持ぢ上げましたぁ。すごい。わだしにも、やってみぃ、と言いましたぁ。わだしは、一生懸命にチャリンコを持ぢ上げましたぁ。

ほれがら、ゆっこちゃんは、チャリンコにまだがって、怖がんねぇで、とすいっと走りましたぁ。すいすいと走りましたぁ。わだしにチャリンコを渡して、やってみぃ、と言いましたぁ。すいっとペダルを踏みましたぁ。すいっと走りましたぁ。走りましたぁ！

正福寺で、わだしは補助輪なしでチャリンコに乗れるようになったんですぅ。

ありがとう！　ゆっこちゃん！　宇漆迫出身　竹原沙也加　十七歳

ここで自転車を前にした二人の少女の写真が映りそれは少女が自転車を乗りこなしている動画に切り替わって拍手が起こった。続いて大字新山の喫茶店がクリックされた。入口がすうっと開いて、無人の店内が映し出される。窓際の棚にごちゃごちゃと漫画本が詰め込まれカウンターには布巾が置いてあり、カウンター越しの棚には常連のコーヒーカップがきれいに揃えて並べてある。いまにも客が入って来そうだ。

まんた四十代の頃、体調おがしくて、厚生病院さ行ったぁけに、精密検査受げろって言わっちゃの。結果が出るのは一週間ほどあど、家族と一緒に来ぉって言わっちゃ。一緒に結果聴ぐのがど思ったら、診察室さ呼ばっちゃのはカミさんだけで、なんで、ほんなごとすんだっぺと呑気な自分は思ったんだ。診察室から出できたカミさんは、何だかヘンな顔してたんだ。

結果はって訊ぐど、あとでな、と言いましたぁ。ほれから自分らは厚生病院前の喫茶店さ入りましたぁ。まっすぐ家さ帰んのがど思ってだらカミさんがお茶飲んでぐべぇって言うんだっけ。ほんで自分らは喫茶店に入ったんだっけ。

お茶を一口啜ってがら、カミさんは、びっくりしねぇで聴げよって言ったんだ。なんぼ呑気な自分でも、さすがにこの流れは、芳しぐねぇニュースだっぺなと分がりました。

大腸癌だすけって、とカミさんは言いましたぁ。ステージ4。すぐ手術しろってよ。嘘だっぺぇと思ったさ。まさか自分が癌になっとはよ。こんとぎのお茶の味は憶えでねぇがんな。

手術はうまくいったんだぁ。抗癌剤治療も受けだよ。ほんで癌細胞は全部消えたんだっけぇ。

カミさんは懸命に看でくっちゃんだぁ。仕事人間だった自分は、家族の大事さに気づがされましたぁ。ほのあども癌は再発したげんちょ、このとぎも手術と抗癌剤で助かりましたぁ。震災後に勤めた会社も定年になりましたぁ。あの病気があって、自分の人生は変わりましたぁ。もずろんいい方向にですぅ。いまでは病気に感謝してますぅ。一日一日が大事な日々ですぅ。字下條出身　石田宗雄　六十五歳

夫婦の写真が映って拍手が起きた。前田川がクリックされた。穏やかに流れていくきらきら光る川面が映し出される。

この土手の小さな黄色い花をつんでママにあげましたぁ。字反町出身　城山翔　十一歳

両手でVサインをする少年の写真が映って笑い声が起きた。字坂下がクリックされた。住宅がぽつぽつと建っていて誰もいない路地が映る。子供の自転車が横倒しになっている。

母親の様子がおがしねぐなったのは七十の半ばを過ぎでしたぁ。物忘れがひどくなって、怒りっぽくなりましたぁ。よく簞笥の抽斗を開けだり閉めだりして、あれはどこさいったべ、と言うごとが多ぐなりましたぁ。

これは、もしかしたらと、認知症の検査を勧めだんですが、人を馬鹿にすんでねぇ、オラは呆げでねどって言うんですぅ。あるどぎ、いづものように一人で畑さ出で、なかなか帰って来ねんですぅ。

心配して探しに行ったげんちょ、どこにも居ません。派出所に電話すっかどしてだら、母親は近所の雨野さんに連れられっちぇ帰って来たんですぅ。家さ上がって、元気ねぇ様子ですぅ。雨野さんに何にも言わねぇで奥さ引っ込んじまったんだぁ。

雨野さんに話聞いでびっくりしたなぁ。母親がうろうろしてで、様子がおかしねぇがら、声掛げだんだすけ、ほしたら道に迷ったんだって言ったんだすけ。いづも通い慣れでる道ですぅ。迷うはずがねぇんだっけ。母親は、帰り道を忘れっちまったみでぇなんだぁ。

ほれがだいぶんショックだったみでぇで、大人しく病院さ行ぎました。やっぱ認知症でしたぁ。しばらぐすっと、私の顔も忘れっちまって、だんじゃ？　と言う始末だぁ。家で面倒みるのは大変だがら施設に入れました。

震災後は埼玉の施設に移りましたぁ。いまは週に一度、面会に行ってますぅ。私の顔は分がりませんが、一緒に歌を唄ってあげると喜ぶんだっけ。んだから童謡を唄って帰って来ますぅ。字坂下出身　五十七歳　富沢美奈子

車椅子に乗った老女とその後ろに立っている婦人の写真が映るとフロアには小さな溜め息が流れた。字花ノ木の民家がクリックされた。

夢というテロップが現れて薄暗い小屋が映し出され旅装の一人の男が扉を開くとずいぶん昔に誰かが住んでいたような跡があり部屋の隅は木製の寝台が置かれ古びた布団が敷いてあってその上に人の髑髏《どくろ》が載っていて眼球のない暗い眼窩をこちらに向けていた。旅装の男は髑髏に向かって言った。

「おめは快楽貪って、人の道踏み外し、こんなかっこになったのがぁ？　ほれども、国の争いさ巻き込まっちゃのが？　ほれども罪犯して、人さ知られのんがげえぶん悪いがら、自死したのが？　ほれども腹減り過ぎで命落としたのが？　ほれども寿命が？」

男は言い終えると旅装を解いて寝台へ横になって髑髏を枕に眠り夜になって髑髏が夢枕に現れた。

「おめは、まるで遊説家みでぐ、私が逝っちまった様を訊いだ。んだげんちょ、ほれはみんな生ぎてる人間の苦しみだ。死ねば、もう、ほんな苦しみはねぇ。どうだい、死の世界を知りでぐねぇがい」

「教えでくんちぇ」

「死んだら、まず、身分の差はねぇ」と髑髏は言った。

「王もなげれば、臣下もねぇ。ほれに季節もねぇがら過ごしやすい。稼ぎ仕事にあぐせぐすっこどもねぇ。至って自由だ。私は、この境涯を楽しんでんだ。どごの国の王であっても、このような暮らしはできねぇべな」

男は薄笑いを浮かべて言った。

「生き返ちぇぐはねぇがい？」

「私がが？」

男は頷いて、

「私には特別な力がある」と言った。

「おめさ肉をくっげで皮膚で覆って、郷里の父母・妻子の元さ帰してやっぺ」

髑髏はすぐに言い返した。

「よげぇなお世話だ。言ったぺよ。私は、この自由な死の世界を楽しんでんだ。二度と生げでる人間の苦しみは味わいだぐねぇ。ほれよりも……」

男が言った。

「ほれよりも、何だい？」

「おめが、この死の世界の楽しみを味わってみねが」

小屋の中の映像は歪みぐるぐると回転し小さな穴に消えていった。


住宅街が映し出されあちこちに塵《ごみ》の浮かんだ細い下水溝がだんだん近づいて来る。


俺は配管の仕事をしてますぅ。夏の仕事は汗だぐだぁ。ほんなどぎ冷たいものを出してもらうと、仕事がはがいぎますぅ。花ノ木の某家では、俺がタオルで汗を拭っていだら、絶妙のタイミングで麦茶が出ましたぁ。

しかも甘ぇ！　砂糖が入ってだんだんな。砂糖入りの冷えた麦茶とは洒落でますぅ。初めて飲みましたぁ。字《あざ》西原出身　岸俊夫　三十二歳麦茶のペットボトルを突き出した若者の写真が映って笑い声が起きた。字後迫がクリックされた。風格のある立派な古民家が映って人々はじっと見入っていた。廊下も柱もよく手入れされて黒光りしている。

わだしが生まれたのは築百三年の古民家ですぅ。産婆さんに取り上げてもらいましたぁ。逆子で、難産だったそうですぅ。母のお腹から出たどぎも、産婆さんが両足を持って逆さづりにして、二、三度、背中を叩いたら、弱々しい声を立てたそうですぅ。初めての子供だったんで、父が庭に栴檀《せんだん》を記念植樹しましたぁ。囲炉裏のある間の柱には、年々成長するわだしの背の高さが刻まれていますぅ。四歳のとぎ、かくれんぼをしてて、納戸で寝でしまったら、大人たちは神隠しにあったと大騒ぎでしたぁ。嫁ぐ日まで実家で暮らしましたぁ。この家には、わだしの半生が詰まってますぅ。字後迫出身　阿部美佐江　六十四歳

字石名坂がクリックされた。広い道路があり両側には住宅や商店が並んでいる。しかし人は誰もいない。

僕が東京の大学に入って二年目の年ですぅ。夏休みに、当時つきあってた彼女を実家させ

でんぎしましたぁ。夏祭りに同級生が集まって、親友を紹介しましたぁ。彼も東京の大学さ行ってましたぁ。冬休みに双葉さ戻って、親友に呼び出さっちぇ、衝撃的な告白をされっちまいましたぁ。親友と彼女がつきあってるって言うんですぅ。僕は人間不信に陥りましたぁ。その後、親友と彼女は別れっちまいましたぁ。親友とは、何となく、またつきあいが戻りましたぁ。今は僕も親友も結婚して、子供もいます。んだけんちょ、あんとぎのごどは、どっちも触れません。苦い思い出ですぅ。字石名坂出身　板倉聡　四十七歳

なぜか犬と猫が一緒にいる動画が映って猫は犬に猫パンチを見舞い小さな笑いが起きた。字鬼木がクリックされた。土手から川の流れが映りついでどこかの学校のバックネットが現れた。向こう側にはグラウンドが広がっている。

この川沿いは、私と飼い犬のシローの散歩道でしたぁ。私、七十三歳。飼い犬のシロー、十二歳。老いだ者同士、労りあって、運動に勤しんでましたぁ。時には土手クラブに混じって、高校野球の観戦もしましたぁ。白状します。私は、シローの糞を始末したことが一度もありません。自然のものだから自然に帰るという勝手な理屈ですぅ。川沿いの皆さん、ごめんなさい。んだけんど、それで運がついで野球部が甲子園に行ったと、これまた勝手に思っ

てますぅ。シローは一時立ち入りしたとぎ、野良になって生き延びていたので、避難先の一軒家で飼いましたぁ。二年後に亡くなりましたぁ。字鬼木出身　宮本五郎　八十一歳
老人と大きな土佐犬の写真が映って、立派な犬だねぇという囁きが聞こえた。字西原がクリックされた。

夢というテロップが現れて双葉町の一角が映り道はまっすぐ続いていて両側に住宅が建っていて一軒の家のドアが開いて居間が見えた。テレビの前に小さな人影が坐っていて手に持ったコントローラーでゲームをしていて台所では大きな人影が買い物袋から肉を出して冷蔵庫にしまったり醤油の壜をキッチンの棚に置いたりしている。

街路を猫の影が歩いていていくつかの人影と行き会いカップルらしい人影の一つがしゃがみ込んで猫の影の頭を撫でる。

「何か食うもの、持ってねぇが？」人影が訊く。

「ねぇな」もう一つの人影が応える。

学校の教室で多くの人影が机に向かっていて教師らしい人影が黒板に何かを書いている。

「ここ、重要」教師らしい人影が言う。

映像は教室の窓を出る。学校全体が映る。その周りの建物が映る。あちらこちらで人影が動いている。
字諏訪がクリックされた。狭い十字路が現れ向かって右の道路ついで左の道路が映し出された。
ちょうど駅前、大幸食堂のカーブんどごで事故に遭いましたぁ。私は原付、相手は125CCのバイクですぅ。私はヘルメットを被ってませんでしたが、頭を打だながったんで、大きな怪我はありませんでしたぁ。相手はヘルメットにひびがへぇってましたが、幸い怪我はありませんでしたぁ。ただ、お互いの乗り物はぼっこちまいましたぁ。なじょすっぺがんど思ってだら、先輩の店が近ぐにあることを思い出して、現場に来てもらいましたぁ。ほしたら、いつの間にか相手先の父親が自転車に乗って現れましたぁ。入れ墨をしたお方です。終わったぁど思ったら、なんと先輩がその方と知り合いで、お互い様ということで事無きを得ましたぁ。字諏訪出身　平岩俊一郎　三十五歳
「安全運転」という文字が大写しになって笑い声が起き部屋の明かりが点いて瀬尾が立ち上

がった。

「いかがでしょうか？　まだテスト版ですが、なかなかよくできていると自画自賛していま す。実は、フクシマップは住民すべての方の思い出と夢のイメージを反映させることをめざ しています。それで地図にはない、時間と無意識の層を創って、本物のふるさとにします。 がっちり最新のセキュリティ対策をしているので、外からこのマップのサイトを乗っ取った り、壊したりすることはできません。将来的には双葉の住民すべてにアカウントをお配りし、 ご自分で更新できるようにします。新しいいのちが生まれたら、その赤ちゃんのアカウント も作ります。もし、亡くなった方がいらしたら、その方の投稿は死亡者のスペースに移動し て、新しい塊を創ります。亡くなった方のスペースは奥へ奥へと移動していきますので、そ こには時間の層が生じます。生きてらっしゃる方と亡くなった方のスペースは自由に行き来 できます。また、武志君のコネクションでＭＩＴの研究者の協力で最新のＡＩの技術を使用 していて、『字《あざ》』のデータがある程度いっぱいになったら分裂して別のサイトが生まれます。 『字』のサイト同士は自由に行き来できます。時間はかかるでしょう。しかしやります。こ のふるさとは、インターネットがある限り、永遠になくなりません。どうぞ、ご期待くださ い。また、お手伝いも、よろしくお願いします」

拍手が起きて参加者がまた思い思いに話し出したとき瀬尾が隅の方にいた一人の婦人を案

内して光一のところへやって来たので彼はもしかしたらと思って立ち上がった。

「光一君、紹介する。武志さんのお母さんだ」

きれいな銀髪を束ねてグレーのワンピースに真珠のネックレスをし手にハンカチを握りしめた顔に泣いた跡のある婦人が頭を下げた。

「須賀です。ありがとうございました」

眼が武志によく似ているのは彼がこの婦人のＤＮＡを受け継いでいる証だった。光一は何か言わなければと思ったが気持ちが言葉にならなかったのは彼女の感情が光一の心に映じていたからで婦人はもう一度頭を下げて自分のテーブルに戻って行った。それから賑やかな会食が続いて右隣にいる年配の男性が、ご苦労様と光一に声をかけ左隣の若い女性も同じように労ってくれた。光一はさっきからがっしりとした温かな手が肩に置かれたのを感じていて頷くだけで精一杯で何か言うと涙がこぼれ落ちそうだった。**ほら、また泣く。**

いのちのカウントダウンはすでに始まっていてわたしの魂は血塗れだったとオメガが語った。

入院したときは、一日で一気に日焼けしたぐらいの赤さで、少しはれているだけだった大内の右手。事故の瞬間、もっとも多くの放射線を浴びたとみられているこの右手は、被曝から二週間たったころから表面が徐々に水ぶくれになっていた。人間の場合、皮膚の表皮が新しく入れ替わるまでのサイクルは約二週間といわれている。医療用テープをはがすときにいっしょにむけていた皮膚は水ぶくれが破れて、中から体液や血液が沁み出してくるようになった。医療チームは水ぶくれが破れた部分に新しい表皮ができてこないことに気づいた。放射線で染色体がずたずたに破壊された大内の皮膚の細胞は分裂できず、新しい表皮が生まれてこないのだった。（中略）

被曝して一か月後に撮影された右手の写真では、皮膚がほとんどなくなり、手の表面は大やけどをしたようにじゅくじゅくして赤黒く変色していた。

右手から右上腕、右胸から右脇腹の部分、そして太腿へかけて、皮膚が水ぶくれになって、はがれ落ちていった。障害は浴びた放射線の量が多いところから徐々に広がっていった。皮膚がはがれたところは点状に出血があり、体液が浸み出していた。

大内の全身は包帯とガーゼに包まれた。（中略）

このころの大内は目ぶたが閉じない状態になっていた。目が乾かないように黄色い軟膏を塗っていた。ときどき、目から出血した。細川美香は大内が苦しくて血の涙を流しているのではないかと思った。

爪もはがれ落ちた。

死を恐れるのは人間の証明だと思われる。

　ぼくはもう死はこわくない。死そのものはね。しかし、ぼくはどんなになって死ぬんだろう。友だちは死ぬとき、むくんで腫《は》れた。樽のように大きく、近所の男はあそこでクレーン操作係だった。そいつは石灰のように黒くなり、やせこけて子どものように小さくなって死んだ。ぼくはどんなふうになるんだろうか。わからない。ひとつだけはっきりしているのは、ぼくにくだされた診断じゃ、そう長くはもたないってことです。その瞬間を感じることができれば、額を撃ち抜くんだが……。

　師走の冷たい木枯らしが吹いて街が人々のコートの色で黒っぽく染まるころ〝フクシマップ双葉町〟は千人を超える住民が協力してくれていろいろな人々の思い出や夢のイメージが融合してだんだん小宇宙のようになり内容が充実していった。光一は忙しく働いていたがしょっちゅう出歩いているせいか風邪を引いたらしく朝から熱っぽくて少し頭痛がした。土曜日だったので光一は家にある風邪薬を服《の》んでベッドでネットを眺めていたら昼近くに、電話よと芳恵が声をかけ受話器を取ると懐かしい相馬の声が聴こえた。

「いま新宿にいるんだ。出て来れる？」

相馬が暮らしているのは福岡なので東京で会えるのなら時間も交通費も節約できるから光一はすぐに行くと応え芳恵におにぎりをこしらえてもらってさっさと昼を済ませ念のためにもう一回風邪薬を服んで家を出た。待ち合わせの場所は新宿駅の南口にあるサザンテラスのスターバックスだったが週末のせいかざわざわと客がいっぱいで相馬を探してもそれらしい姿は見えなかった。

「光一？」

後ろから声をかけられて振り向くと茶髪で臙脂《えんじ》のダウンジャケットを着てダメージジーンズを穿き黒いピアスをした背の高い若者が立っており体はごつかったが犬のように澄んだ穏やかな眼と厚めの唇は相馬だった。別れたときの相馬は茶髪でもなかったしこんなに背も高くなく光一と同じ幼さの残る少年だった。**人間の彼らの年頃は成長が急速なようである。**彼は、あっちと低い声で言って自分のテーブルのほうへ行って光一が向かい側に腰かけると、飲み物いいのか？　と相馬が言った。光一は財布を持ってカウンターのほうへ行ってホットココアを注文し飲み物が出て来るまでのあいだ彼は相馬をもう一度見たがやはり中学生には見えず、それに茶髪にピアスは相馬らしくなかったので彼は自分がどこかでがっかりしていることに気づいた。

「で、用って？」

席に戻った光一に相馬が訊いたので光一はリュックから双葉町の地図のコピーを出しフクシマップについて説明した。相馬はキャラメルフラペチーノを吸いながら話を聞いて何枚か選んだ地図とレターパックを床に置いたリュックにしまった。光一は背筋に寒気を感じてホットココアを啜っていたら相馬はダウンジャケットのポケットから折りたたんだ茶封筒を出して掌の上で逆さまにし古びた鍵を出し、

「俺の話、聞いてもらっていい？」と言った。「これ多分、親父のアパートの鍵。うち、親が離婚してさ、俺と母親はじいちゃんのいる福岡に戻った。親父は福島にそのまま。白血病になって、もう長くないって母親が言ってた。そしたら、今年の夏、この鍵が俺宛てに届いた。中にはメモ一枚ない。鍵だけ。封筒にあった住所は多分、親父のアパートの住所。連絡取ってなかったから、はっきりは分からないけど」

相馬はキャラメルフラペチーノを飲み終えストローを噛んだ。

「会いに行くの？」

「迷ってた……てか、いまも迷ってる……で、お前から連絡があったから、電話してみた」

光一は相馬の考えていることが分かった。相馬はストローを手に取って二つに折り、昼飯食っていい？　とBLTサンドイッチを二つとアイスティーを買って来て黙々と食べ終わるとはあっと息をついて、アパートまでつきあってくれるかと言い、外へ出たら相馬は慣れた

手つきで煙草を出して一本咥え顔を顰《しか》めて煙を吸い込みシータのほうにも煙草の箱を向けたが彼は手を振った。

新宿駅から埼京線に乗って相馬が窓際に坐りシータは通路側に坐り相馬はずっと窓の外を見ていたが不意に、

「親父さ、文無しなんだ」と言った。

相馬の父親は先祖代々の大地主で双葉町でいくつか飲食店を営んでいて裕福な暮らしをしていて車はジャガーだったし腕時計はパティックフィリップでときどき友人たちを招いて広い庭でバーベキューパーティーをした。家は相馬御殿と呼ばれたものである。そういう生活が原子力発電所の事故で奪われ東京電力からの補償金だけではもとの生活の水準を保つことはできなかったのでそれで先物取引に手を出しあっという間に補償金を失い夫婦のあいだで争いが絶えなくなり月々の慰謝料が入ってくるとギャンブルに費やした。呆れ果てた相馬の母親は離婚届けを置いて子供たちを連れて実家のある福岡へ戻った。相馬はこれまでのことをだいたい語って、

「これ、親父なりのＳＯＳだと思うんだ」と言った。「わざわざ俺宛てにアパートの鍵を送ってくるなんて、けっこうきつい状態になってる気がするんだ。お袋さ、親父の字って分かってるんだ。鍵も見たし。でも、女ってさ、そういうの、けっこうシビアなんだよ。けど、

旅費はくれた」

会ってどうするのかと光一が訊くと相馬は前のシートの網に入っている冊子を取り出しぱらぱらと捲《めく》って、分からないと呟いて立ち上がり手で煙草を吸う仕草をしたので光一は体の芯に熱がこもっていて頭痛が治らなかったからシートを倒して深くもたれかかった。大宮駅は東京と違って底冷えがするほど寒くバギーに赤ん坊を乗せた若い母親は白い息を吐きながら押していた。駅員にアパートのある上小町の最寄りのバス停を教わってバスに乗り、かみこ公園で降りて近くにあった交番で封筒の住所を尋ねたら年配の警官は二人を見て誰のところへ行くのか訊き、相馬が原発事故で避難者になった父親のアパートだと素直に応えたら手書きの地図を作ってくれた。人もまばらな夕景色の町をしばらく地図の通りに進んで行くと古びた二階建ての木造のアパートが現れ、ここかと相馬は呟いて二人は少しのあいだアパートの前に立っていた。

「行くか」怠そうに相馬が言った。

歩くとぎしぎし音のする鉄製の外付けの階段を上がって右端の部屋が封筒の住所にあった二〇三号室で表には古いビニール傘が立てかけてあり相馬は鍵を出してから思いついたようにノックしたが返事がなかったので鍵を差し込んだらぴったりはまりそのまま右に回すと小さな音を立てて鍵が開いた。

部屋は仄暗く入ってすぐにダイニングキッチンがあり奥には畳敷きの部屋があって窓からほとんど沈みかかった夕陽が射して古い畳の上に落ちていて何やら人の暮らしの匂いがする。相馬がテーブルの上の電灯の紐をひっぱったら眩しいほどの明るさになりキッチンのシンクにある水を張った茶碗や皿や食器やコンロに載っている空のフライパンが見え奥の部屋には布団が敷きっ放しになっているのが見えた。枕元にはテレビのリモコンとティッシュの箱があった。相馬がこの部屋の電灯の紐をひっぱるとカーテンが開け放してあるので電灯の光で彼ら二人の姿が窓ガラスに映った。

「留守か……」相馬が呟いた。「まいったな」

相馬は布団をくるくると丸めて畳の上に坐り込み、待つしかないかと言い、光一も隣に坐った。余分なもののない殺風景な部屋で窓に向き合った壁には取ってつけたように額装の画が飾ってあってそれは海岸沿いの風景画で何気ない画だが眼が吸い寄せられた。海があり砂浜にひとりの人物が佇んでいる。どこかで見たような風景だと思った。火の気のない部屋は寒くて悪寒がした。

「寒いな」と相馬が言った。「腹減ったし」

相馬はキッチンへ行ってお湯を沸かし始めさっきコンビニを見かけたから何か食べる物を

買って来ると部屋を出ていった。光一は窓際の壁にもたれて坐りすることもないのでパソコンを開いてフクシマップを点検し双葉の朱鷺のエリアを見るともう何度も見た立派な欅の樹木の映像があって不意にどうしようもないほど怠くなった。頭痛が激しくなって眼を開いているると痛みがさらにひどくなりそうなので瞼を閉じたら欅の写真が網膜に染みついていて朱鷺が言っていた彼女の子供はこの欅のどの辺りに抱かれているのだろうかと改めて思った。

しばらくしてドアを開ける音がして、買って来たぞと相馬の声が聴こえ彼は光一が眠っていると思ったのか近くまで来て、起きろ、カップ麵とおにぎりと言った。鎮痛剤を買って来てくれと光一は言った。どっか痛いのか？　頭ががんがんする。分かった、待ってろ。またドアが開く音がしてすぐに閉まりしばらくすると心地のいい風のそよぎとしんと澄んだ匂いを感じた。いつか光一は欅の樹の傍らに立っていて吸い寄せられるようにその樹肌に手を触れ指先から何かしら優しいものが伝わって来てそれは密やかでいて確かなこのうえもなく心地のいい感覚だった。光一はひとつの感覚器となり欅と触れあっていることのほかは意識にのぼらず自然と衣服を脱いで上裸になり敏感な何かを放っている欅を抱きしめるとひとつの生きものの器官と自分の器官がつながった感じがし樹肌から伝わってくる感覚はゆるやかな流れになって体の奥深くまで浸透しまた樹肌に戻っていく。それは樹肌から幹へ根へと流れ、また彼の胸から脊髄へ下腹部へと流れ、欅の流れと彼の流れはひとつの流れになりその流れがだんだん早くなっていく。欅は彼を求め彼は欅を求めて光一の生理は歓びの声をあげズボンを脱いで地面に坐ると太腿に冷たい根の感触がしその瞬間体がどろりと溶けて欅の根元へ吸いこまれてゆき彼はひとつの流れ渦巻く流れになってもうどこまでが欅なのかどこからが自分なのか分からなかった。聴き憶えのある男の声が聴こえた——双葉の土地には縄文弥生の時代から人が暮らしていて西のほう大字石熊の垢取沢や木通沢には縄文の中頃から終わりにかけての遺跡があり東のほう丘には弥生時代と交じり合った遺跡が多い。この土地は大化年間の前は染羽国そのあとは標葉郡になりそのうちの標葉郷が双葉町だ。平安の終わりに桓武平氏の海東小太郎成衡の子である標葉四郎隆義が標葉郡を統べ隆義はいまの浪江町を根拠地にして標葉郡を支配した。南北朝になって標葉弥九郎隆利が南朝方として相馬光胤を攻めたとき弟の隆秀らが討死して合戦が起こりその後標葉氏は北朝方になり内紛が起こった。標葉隆豊が密かに相馬氏と結んだので標葉氏の直系は滅び隆豊は藤橋村を与えられて藤橋出羽守胤平と名乗った。標葉一族の郡山市は相馬氏と争ったが帰順したことで領地を奪われなかった。

江戸時代になると双葉の土地は相馬藩領となり、新山、前田、水沢、目迫、山田、石熊、郡山、細谷、松迫、長塚、上羽鳥、寺沢、松倉、鴻草、渋川、中田、下羽鳥、中浜、両竹の村があって長塚村に藩の南標葉陣屋が置かれ中田村は浜街道の宿駅として栄えた。相馬藩領の土地は土が肥えていて、鴻草、長塚、渋川、下羽鳥、中田、山田、新山、石熊、松迫、郡山、細谷、寺沢、松倉の村々で工夫して村を豊かにしようとした。

明治七年、中村県、平県、磐前県に分かれていた双葉町は福島県へ属することになりやがて、新山、前田、水沢、郡山、細谷、松迫、目迫、山田、石熊が一つになって新山村となり、長塚、上羽鳥、下羽鳥、寺沢、松倉、渋川、鴻草、中田が一つになって長塚村となり、双葉郡に属した。大正二年に新山村が新山町となり昭和二十六年に新山町と長塚村が一つになって標葉町となり五年後双葉町と名を変えた。

この土地では細々と米を作ってきたが昭和四十六年海岸の細谷にあれができた。相馬の斎として俺はここに誰ものふるさとになる国を創りたかった。

男がそう言った途端に眼の前の風景がめまぐるしく変化して大地が激しく震動しビルが揺れ家が揺れ電柱が揺れ女性の悲鳴が聴こえ学校の子供たちが机の下に隠れ看板が落ち山が崩れ巨大な壁のような津波が押し寄せ家を呑み車を呑み人を呑み街がゼリーのような黒い水で溢れ原子力発電所が爆発し防災無線が叫び多くの車が走り数万の人々が避難しＴＶやラジオが繰り返し原発事故のニュースを流しどこかの体育館で炊き出しの味噌汁が配られ老婆の包帯に血が滲み眠れない子供がぬいぐるみを抱いて彼らはその多くの人々の記憶の奔流の中へ没していった——壁に懸かっている絵の人物が、ふいっと振り返りこの人を知っていると思った。
こんなにもきれいな海がある。俺は、もう、帰らない。後始末は頼む。伝えてくれ。俊輔に。伝えてくれ、俊輔に。

手の施しようがなかったのだとオメガは語り、生き物としてただ死んでいく細胞ばかりで新しく生まれてくる細胞がないのはどれだけ苦しいかを語った。

被曝から五〇日目の一一月一八日、下痢が始まって約三週間後のこの日、ついに下血が始まった。消化器内科の岡本が急遽呼ばれた。岡本は五回目となる内視鏡検査をおこなった。大腸へファイバースコープをそっと入れた。モニターに映し出されたファイバースコープの丸い視野には、粘膜がほとんどなくなり、表面が赤くただれた大内の腸の内部があった。通常なら隆起して見える表面はのっぺりとしていて、粘膜のはがれたところから血液が浸み出していた。腸の動きも悪くなっていた。浸み出した血液があふれて、小腸から大腸に流れ出していた。下血は一日に八〇〇ミリリットルに及んだ。

人間、特に日本人の過去に対する態度は非常に興味深い。過去から教訓を得る能力が欠如

しているのか、それとも、もともと過去に学ぶ気がないのか。

ぼくらは科学の研究材料なんですよ。国際的な実験室です。ぼくら一〇〇〇万人のベラルーシ国民のうち、二〇〇万人以上が汚染された土地でくらしている。悪魔の巨大実験室です。データの記録も実験も思いのままですよ。各地から訪れては学位論文を書いている。モスクワやペテルブルク、日本、ドイツ、オーストリアから。彼らは将来に備えているんです……。

「……光一」と相馬の声がした。「光一、大丈夫か?」

光一は瞼を開けたらそこは相馬の父親のアパートで眼の前には案じ顔の相馬がいて彼の顔を覗き込んでいた。部屋の中には白々とした陽が射し込んでいて電灯は消えていた。光一は布団から上半身を出して首を回すと頭痛はすっかり治まっていて熱っぽさも抜けていたので相馬から手渡されたおにぎりを頬張った。

「おじさんは?」

相馬は首を振り光一がふと壁に飾ってある画を見たら昨夜と同じで何もない海とそれを眺めている人物が描かれているのだがこの人物が相馬の父親なのか。彼に夢の中の出来事をどう説明すればいいのだろう。相馬はコンビニの袋から調理パンを取り出した。

「駄菓子屋の朱鷺さん、憶えてる？　いわきに住んでるんだ。相談してみないか？」

「朱鷺さんねぇ」と相馬は調理パンを頬張った。

「あの人、大人だから知恵があるよ。この絵、持っていってもいいか？」

光一は朱鷺に電話をしてこれから訪ねる約束をし二人はバスと電車を乗り継いで彼女のアパートへ向かった。いわき駅に着いて光一は多目的トイレに入りそこから朱鷺に電話をかけて昨夜の夢のことと部屋に飾ってあった絵のことを告げた。**多目的トイレは便利なもんだ。文字通りの多目的で中で何をしてても分からない。**二人はバスに乗っているときも歩いているときもまったく話をせず、相馬は久し振りに見るいわきの景色を懐かしんでいるようだったが光一は彼の気持ちを考えて黙っていた。すでに旧友の入り組んだ感情が心に映じていたのである。アパートに着いてチャイムを押すとすぐにドアが開いて朱鷺が顔を見せた。

「相馬君？」背の高い彼を見上げて声をかけた。

「はい」と照れたように相馬は応えた。

「入って。いまカレー作ったとこ。ちょっと早いけど、お昼にしましょ」

三人はダイニングキッチンのテーブルを囲んで辛さがくせになりそうな味の骨付きのチキンが入ったタイカレーを食べ相馬も光一も完食して氷の詰まった水を飲み干し朱鷺はそんな二人を笑顔で見守っていた。居間に移って朱鷺の淹れたハーブティーを飲みながら相馬は鍵と鍵の入った茶封筒を出し彼女は一つ一つ手に取って念入りに見た。光一がリュックから額を出して絵を見せたら彼女はそこに謎を解く鍵があるかのように見入って、

「アパートの大家さんの連絡先は分かる？」と相馬に訊いた。

相馬が知らなかったので朱鷺は封筒の住所にあるアパートの名前を見て電話の番号案内に尋ねて管理人の電話番号を調べて電話をかけた。自分は親戚のもので部屋の鍵を預かっているのだがしばらく連絡が取れなくて困っていると言うと、旅行をするからと三か月分の家賃を前払いしていることが分かった。相馬の父は管理人に三か月分の家賃を払って鍵の入った封筒を投函したのだ。

「警察には届けた？　旅先で病気になって入院してるってこともあるわ」

「実は、白血病で長くないって言われてたんです」

朱鷺は急いで出かける支度をして、警察に行きましょうと言った。

「え、警察ですか？」シータが言った。

「そうよ。お父さんの住民票のあるところでしか受け付けてくれないから」

三人は二人の少年がたどって来た道を戻ってバスと電車を乗り継いでさいたま市へ向かい管轄の警察署では女の警官が対応して事務的に失踪人の届けを受けつけた。

「あまり期待はできないけど、何か分かるかも知れないから。……お父さんの部屋、見せて

くれない？」

警察署を出ると彼らはアパートへ行ったが部屋には鍵がかかっていて誰もおらず、光一はリュックから絵の額を出して壁にかけ彼女はさっきと同じように絵に見入っていた。

「これからどうする？」光一が訊いた。

「しばらくここにいる。もしかしたら親父が帰ってくるかも知れないし」

「俺たち帰るけど……大丈夫？」

「ガキじゃねぇんだからさ」と相馬は笑った。

絵を見ていた朱鷺が携帯を出して君の携帯番号を教えてと言い、彼の携帯を一度鳴らして、私の番号、登録しといてと言った。二人はアパートの部屋を出てバスに乗っているあいだ朱鷺はずっと何かを考えているようだったが大宮駅に着くと、お茶飲んでいかない？と言った。彼らは駅ビルのカフェに入ってテーブルで向かい合うと、ハーブティーを飲みながら、

「あの絵、お父さんが描いたんだと思う」と朱鷺は言った。「あなたは相馬君のお父さんの夢の中へ入ったんだと思う。多分まだその奥があるはず。……欅は何も言わなかった？」

光一は頷いて欅とひとつになったことを思い出し、あれは何だったのだろうか、あの中に朱鷺の子供がいたのだろうか、と思いあの生々しい生命力について朱鷺に説明することがはばかられた。

「……夢ってことは、どこかで生きてるってことですよね」

死者も夢を見るのよ、と朱鷺は言った。しばらくしてからじっと光一の眼を見つめて、「光ちゃんには、人が持ってない能力がある」と言った。「ほかの人の心に深く共感できるの。誰かの痛みを自分の痛みとして受け止めることができる。想像力も、すごくある。だから、生きてるのが辛くなることがあるのよ」

彼には朱鷺が何を伝えようとしているのか分からなかった。

「相馬君の悲しみや苦しみを受け止める覚悟はある？」

シータは上小町のアパートの部屋でひとりあの絵を見つめている相馬の姿を想像したがそれは少しばかり心の軋《きし》る光景だった。

「いま相馬君が、あの部屋にひとりでいるとこ想像したでしょ？」

「え、なんで分かるんですか？」

「眼」

朱鷺はさらに彼の心の奥深くまで見通すように見つめ、アパートに行ってみるかなと呟いた。外に出たらこの世の終わりのような荘厳な夕焼けが広がっていてスマホを向けて写真を撮っている人々がいた。

ああとオメガは呻いた、あああ……

被曝から八三日目の一二月二一日。（中略）

午後一〇時半、看護婦の柴田直美は大内の容体がいつ急変してもおかしくないという申し送りを受けて、深夜勤務についた。

勤務が始まってしばらくして、看護婦たちとナースステーションのカウンターにいるとき、ふと大内のモニターを見ると、心拍数を示す線がまっすぐに伸びていた。ハッとした。

医師たちが、ただちに病室に入った、

強心剤のボスミンのアンプルを三本使った。まったく効かなかった。

上が九〇、下が四〇あった血圧が突然、すとんと落ちた。

あっという間だった。

通常は、少しずつ血圧が下がり、心拍数も徐々に下がって亡くなることが多い。医療チームでは大内の心拍数が六〇を切ったら家族をよんで、病室に入ってもらおうと決めていた。

急遽、家族のいる待合室に連絡を入れたが、間に合わなかった。

柴田は呆然とした。「ああ、ご家族は間に合わなかった」と思った。

一九九九年一二月二一日午後一一時二一分。

大内久、死亡。享年《きょうねん》三五だった。

新聞記事の断片が記憶にちらついた。わが国の原子力発電所はぜったいに安全である。赤の広場に建てることも可能だ。サモワール（ロシア式湯沸かし器）よりも安全である。

どっかで聞いた台詞だぜ。

相馬は四日のあいだ父親のアパートに泊まっていたが福岡の母親からいつまでも学校を休むわけにいかないと連絡があって帰って行った。光一はときどき様子を見に行くからとアパートの鍵を預かっていたがしばらくして彼はこのあいだ泊まった相馬の家へ行って来ると芳恵に言った。今日も泊まるのかと訊かれてそうなると思うと頷いたら住所を教えて欲しいと言うのでメモを渡すと何度も泊まるのなら親御さんに挨拶をしないといけないと気遣いをした。光一がいまの相馬は父子家庭で父親が仕事でいなくなるから泊まりに行くのだと作り話をしたのは芳恵を心配させないための気遣いだった。

大宮駅に着いたのは夕刻ですでに朱鷺は改札口で待っていて彼らは近くのコンビニで調理パンやおにぎりや飲み物を買ってバスに乗った。窓の外の風景はこのあいだと変わらず沿道の商店では主が暇そうに新聞を読んでいて人々はそれぞれ足早にホームなのかハウスなのか目的地へ向かって歩いていた。かみこ公園で降りて広い砂漠にでもいるような夕焼けに染まりながら、このあいだも夕焼けがしていたなと光一は思った。アパートに着いて部屋の鍵を開けたがやはり誰もいなかった。しかし妙なことにこのあいだと同じようについさっきまで誰かがいたような気配がありダイニングキッチンに水を張った食器もそのままで奥の畳敷きの部屋へ通ってカーテンを開け窓際の壁にもたれて坐ると眼の前にはあの絵があって額装のガラスに夕陽が反射して眩しく朱鷺はその前に立って絵を見つめた。

「この人は、やっぱり相馬君のお父さんだと思う。この部屋の空気をまとってるもの」

彼女は光一が分からない何かをこの部屋から感じ取っていた。彼は腹が減ったのでレジ袋からコロッケパンとファンタグレープを出して食べ朱鷺はおにぎりを食べながら床の上でパソコンを開いて携帯のワイファイを置きフクシマップを立ち上げていた。そのうち陽が落ちて部屋が暗くなってきたのでカーテンを閉め電灯の紐を引いて明かりを点けるとはっきりと絵が見え広い海と一人の人物が見えた。

「光ちゃん、このあいだ見たの、この映像でしょ」朱鷺が言った。

パソコンの画面にはがっしりとした欅が映っていた。

「そうです。この樹を見てるうちに……」

朱鷺は彼の言葉を手で遮ってじっと欅を見つめ、兎に会わせてと言った、兎に会わせて、兎に会わせて、兎に会わせて……すると遠く波の打ち寄せる音が聴こえてきて不意に壁の絵が膨張しはじめ部屋いっぱいに広がって波は繰り返し押し寄せ繰り返し退いてゆき波を見ているうちにいきなり見たこともない原生林が現れ、亜寒帯のトドマツ、コメツガ、亜高山帯のシラビソ、トウヒ、冷温帯のモミ、ツガ、ブナ、ミズナラ、カエデ、暖温帯のカシ、シイ、クス、イス、タブ、ばらばらな植生の巨大な樹木が密生していて空を覆っていた。周りに誰も人はおらず陽は射しているが葉越しなので薄暗い。向こうから相馬がやって来た。

何だ、ここ。

分からないと光一は応えた。

光一は喉が渇いていた。こっちよと透き通ったきれいな声で誰かが耳元で囁いたので振り向いたら誰もおらず、ブナの巨木があって地面には人の動脈のような太い根がくねくねと這っていてその根の先に湧水があったので光一は手ですくって呑んだ。冷たく澄んだ水が喉から体中の器官へ染みとおってゆきそれを見ていた朱鷺と相馬も手ですくって呑んで生き返ったような表情になった。**この水には生気があった、俺にもそれが染みわたった。**

何か聴こえると朱鷺が言い、耳を澄ますと風のそよぎとも微かな潮騒とも聴こえる音が微かに響いていていて、海があるんだと光一が言った。

海か。それが俺らの行くところか。相馬が言った。

行ってみましょうと朱鷺が言い、相馬が先頭を歩いて朱鷺と光一が続いた。

潮の香りがする。海は近いわ、朱鷺が言った。

しばらくすると密生していた巨樹の向こうに鈍色の雲が見え三人の足が早くなって落ち葉を踏み苔に滑りそうになりながら進んだ。

海だ！　相馬が叫んだ。原生林が途切れて荒い土肌がむき出しになった傾斜があり降りていくと海岸になっている。その向こうには群青の無限の海が広がっていて空に浮かんだくすんだ雲の裂け目から陽が洩れて太い光の柱が一本立っており海岸には人がいた。相馬は傾斜を滑り降りていって光一は朱鷺の手を取ってゆっくり下って行った。朱鷺は貝殻から貝の身を裂かれるようにして死に別れた愛しい人を見つけた。生者も死者も相応に年齢を重ねていたがしかしつながりはそのままで涙が流れ嗚咽が洩れ手が背中を撫で頬と頬が重なり、朱鷺は一人の娘と抱き合っていた。顔は見えないけれど背中が震えていた。相馬は彼らから離れて沖合を眺めている男のもとへ歩いた。

とうちゃんと相馬が言った。とうちゃん、どうして帰って来ないの。あんな鍵なんか送って来て。どうしたらいいのか分からないじゃん。

男は海に向き合ったまま、気持ちいいなと呟いてしばらくその風景を慈しむように眺め、俺はもうそっちには戻らないと言い、振り向いた眼に憐れむようないろを浮かべて黙って息子を見つめた。

俺は、双葉を誰ものふるさとにしたかった。それはできなかったが、やっと始まりの地に降りて来た。ここは生者も死者も帰って来られるふるさとだ。ここを守ることが俺の仕事だ。

男は一つ深く息を吸ったがそれはよく澄んでいて潮の香りがし細胞の隅々まで酸素がしみわたるような濃度が高い味わいのある空気だった。雄大な空の下、無限の群青の水がたゆたっており遥か向こうでは空と海のあわいが交わっていて押し寄せては退いていく波の音が絶えず響いてまるで時間が停まっているようだ。

この海の中には魚や海藻やプランクトンや無数のいのちが宿っていてそのいのちがまたほかのいのちを生かす。陸のほうには肥沃な土があって樹木や茸が生え苔が育ち鹿や虫やさまざまないのちを育みそのいのちがまたほかのいのちを生かす。始まりの地には美しい海があって豊かな森があった。輝いていた、すべてが輝いていた。そして、その光のすべてが、いのち、いのち、いのち、と叫んでいた。

こんなところ、もう双葉にはないよ。福島のどこにもない。相馬が言い、男は相馬に応えた。

おまえは、
ここへ来る道が、
誰の心の中にもあることを、
知らせてやってくれ。
双葉で起きたことを、
多くの人に伝えてくれ。
ニドトオナジコトガオコラナイヨウニ。
ニドトオナジコトガオコラナイヨウニ。

その言葉が終わった瞬間スイッチが入り俺は猛烈な勢いでなに**か**を**超えた。**

……俺はたくさんのきょうだいと母親の乳房をさぐってて隣の奴は俺を押しのけようとするけれど俺は母親の乳房にしがみついて懸命に乳を吸ってる。前足の片方ずつで乳房を押して温かく甘みのある乳を吸う。俺の母親は剣歯虎《スミロドン》だ。だから俺も剣歯虎だ。ハイエナに生まれなくてよかったと思うのは奴らが動物の骨髄を好んで食べるからでわざわざ骨を砕いてあんなぷるぷるしたものを食べるなんて妙な動物だし、しかもほかの動物が食べ残した死骸を群れであさるんだから浅ましい。俺の母親は一頭で狩りをする。忍び足で獲物に近づいて大きな鋭い剣歯でぐさり。潔《いさぎよ》い。ギザギザのついた剣歯は残忍でクールだし肉を切り刻むための実用性もある。俺はまだ小さいけれどいずれ母親と同じ剣歯を持つようになる。母親はすぐれた狩人だ。藪や闇の中で獲物を見つけるには耳がよくなきゃいけないんだが彼女の耳は音の聴こえる方向を探れるように動く。隠れてる奴を見つけるには鼻がきかなきゃいけないんだが俺の母親の鼻は長く、よく匂いをとらえる。眼もよくて獲物をとらえられる距離を一瞬で判断し奴らが逃げようとしても長く発達した後ろ足がものをいう。走るのが速く距離が詰まったら足の先についた爪が逃がさない。この爪は歯のようなもので木の上にいる獲物だって爪があれば登ってつかまえる。俺は母親が狩りをしているのを見るのが好きだ。彼女は楽しんでるように走り回って首筋に剣歯をぐさり。たっぷり肉を食べたあとはたっぷりおいしい乳を出してくれるし寒いときには俺を抱いてくれる。俺は牡だから乳房はないけれど大きくなったら何匹もの子供を持って連中に狩りの仕方を教えてやるんだ。

風をつかまえて空を飛ぶのは気持ちがいい。青空の中を滑るように飛ぶ。俺は翼竜類だ。もともとは爬虫類だったが長い時間かけて体を変化させたんだ。腕には厚い皮膚でできた翼を持っててこれは手が進化したもので一本の骨がとても長くなり皮膚がのびて飛膜を作った。それだけじゃ飛べない。骨の中に空気で満たされた気嚢をこしらえて体を軽くした。それから翼をはばたかせるには強く大きな胸筋が必要だから胸筋を大きくした。途方もない時間をかけて体を改造したのには理由があってまず陸しか動けない動物にはつかまえられない生き物が手に入る。昆虫は食べ放題だしそれに貪欲な恐竜も空までは追って来られないから敵から逃げられる。俺は山や川を超えることができる。緑の茂りを眼下に見、川風に乗って川面を滑る。島から島へと渡ることもできる。巣を樹の上や高い岩の上に作るのは安全な住みかだからだ。腹が減ったら昆虫ばかりか長い嘴《くちばし》を水中に突っこんで魚をさらい獲った魚は喉袋に入れてあとでゆっくり味わう。俺は仲間と競争するのが好きだ。大きな樹から樹へ、島から島へ、いっしょに飛ぶ。風が顔の毛をなびかせる。いい感じだ。隣の仲間も同じ気持ちだろう。俺が先になることもあれば仲間が先になることもある。途中で昆虫と出会えば口を開く。ま、おやつのようなものだ。昆虫によって少しずつ味は違う。俺が好きなのはちょっと甘味がある蜻蛉で喉を通るときの感じがたまらない。仲間は飛ぶのに懸命だからよそごとはしない。真面目なんだな。同じ翼竜類でも性格は違う。俺が好きなのは島から島への競争だ。飛ばないときは樹にぶらさがってるが敵のいない島じゃ海の渚を歩くことができる。仲間を追い抜いて誰もいない海の渚に足をひたしているときはとても落ち着く。やがて仲間が舞い降りる。俺たちは邪魔をするもののいない渚をちょこちょこ歩く。

俺の祖先は槽歯類で二本足もいるが四本足もいる。どちらも体の下に生えてるから足が強くなって重い体重を支えられ早く走ることができるようになった。二本足は足の爪先が広くて外側に開くので安定して立つことができるし長いしっぽは体のバランスをとるために利用できる。それから歯も特別だ。爬虫類の歯は下についているだけなので獲物を咥えても暴れられると逃げられてしまうが槽歯類の歯は歯槽から生えてたからそれを受けついだ俺の歯は強く獲物を逃がすことがない。手も狩りには適してる。ものを摑むことができるから小さな獲物もとらえられる。祖先のいいところを受けついだので俺は地上で最強の生物になった。恐竜だ。俺は槽歯類よりもさらに体を改造した。足を長くしたのは早く走ることができるからだしそれに馬一頭を一口で食べることができるように口を大きくし肉を切り分けやすいように歯も二〇センチの長さにしてギザギザをつけた。この歯が六〇本もあるんだ。俺はティラノサウルスだ。ほかの小さな肉食恐竜は群れで草食恐竜を襲うけれどもそれは卑劣なようだが食うか食われるかなのだから仕方がない。俺は食うほうに回る。しかし草食恐竜も体に鎧をまとってて角の生えてる奴もいるし硬い嘴を持ってる奴もいるから簡単にはやられない。曲竜類は頭と背中に棘と骨のこぶがあってなかなか手強い。ステゴサウルスは一〇メートル近い体をしてて体重も二・七トンあるし、しっぽには頑丈な棘が生えてて殴られると深い傷を負う。ただ脳は猫ぐらいで頭が鈍いからこっちもいろいろ工夫を凝らして襲う。俺が仕留めたいちばん大きな獲物はアパトサウルスだ。こいつも巨大でそれに長い首としっぽを持ってるから二日がかりでようやく倒した。俺は傷だらけだったけれどしばらく餌には恵まれた。

俺は狭い水の中にいる。ここには栄養もたっぷりあるし硬い殻で包まれてるからほかの動物に食べられることがない。そのうち俺は大きくなりコツコツ、コツコツと殻を突っつく。ひびが入り殻が割れ俺はやっと外に出る。周りには草があった。ほかのきょうだいたちはまだ卵の中にいるものもいるしすでにどこかへ行ってしまったものもいる。母親は生きることに必死なのでとうに姿を消している。俺はディメトロドン、爬虫類だ。両生類は水の中にしか卵を産めないが爬虫類は卵が改良されたおかげで陸に産むことができる。俺の卵は栄養を与え空気を通し十分に成長するまで守ってくれる。両生類は卵から孵化したときまだ体が小さいせいでほかの動物の餌になることが珍しくない。だが俺の卵は新しく改良されたので成長してから外の世界へ出ることができる。両生類と違って皮膚の外側に水分をたくわえておく層があるので陸で生きることができる。両生類のように水のそばから離れても体が乾ききってしまうことがない。しかし寒い場所はだめで温かいところじゃないと暮らせない。あまり寒いと死んでしまうからそのためには餌を食べて体を温めておかなきゃいけない。食べ物は俺を動かして熱をくれる。昆虫が欲しい。どこかにいないか。……見つけた。草陰に節足類がいるが俺には気づいてない。静かに近づいて咥えた。両生類の足は短かったが俺の足は長いので素早く動くことができる。昆虫は口の中で暴れるが俺にはしっかりした顎と細かな歯がたくさんあるから昆虫をすり潰して飲み込む。いまは太陽が昇ってるから昼間だ。明るいうちに餌をたくさん食べておかないと夜になれば寒くなる。どうやらここは森の中らしい。試しに近くの草を食べてみたが昆虫のように暴れないけれどうまくないしこれは熱を与えてくれそうにない。やはり昆虫だ。何かの気配がしたので上を見ると翅の生えた爬虫類が飛んでる。いいな。あいつは空を飛んでる昆虫も食べられるんだ。

俺は水辺から頭を出した。湿った地面があり後ろで三葉虫が見てる。俺のようなヤスデと違って奴らは臆病だから水の外へは出て来ない。俺がたくさんの足を動かすと体が進んで湿った地面が乾いた地面になった。これが陸か。周りには腐った植物が落ちててこれは食べられると直感し前足のかぎ爪でつかみ口に入れてみたら思った通りだ。うまい。俺にはキチン質の外骨格があるからここに水を保ってることができるしそれに硬いから体を支えることもできる。水中ではえらで呼吸をしていたけれど陸へ上がったらえらが空気を呼吸するための器官に変わった。これなら陸で暮らしていける。俺が上陸に成功してから次々に仲間が加わったのは連中も水の中は飽きてたからさ。それに先に上陸してた植物のおかげで大気ができてたし餌も豊富にあった。俺は地面に落ちて腐った草や樹の枝を食べて腹を満たしそこらじゅうを歩き回ってた。まるで天国だった。ところがある日体を刺されたので振り向いたらサソリがいた。焦った。奴らも上陸したんだ。サソリは俺と違って肉食だから俺を食うつもりなんだ。刺されたと思ったのは奴の鋏につかまれたんだ。俺は奴を振り払おうと体をくねらせたが奴も水の中から出て来てやっと見つけた獲物を簡単に手放すはずがない。もう一つの鋏で俺の体を挟もうと前足を伸ばした。その瞬間俺をつかんでた鋏が緩んだので俺は体を思いきり前へ進めた。後ろのほうがちぎれてどろりとした粘液が出たがかまわずに残ってる足を動かして逃げ出した。サソリはよほど腹が減ってたのかちぎれた胴体の一部を口に入れてる。俺は走った。足の力が続くかぎり走った。そのうちだんだん体中から何かがこぼれ落ちて動けなくなった。あのサソリからは十分に遠ざかったはずだったが眼が見えなくなってきた。だが俺は諦めない。なんとしても生き抜いてやる。

水が足りない。こんなに浅くてはそのうち干上がるだろう。俺はもっと水のあるところはないかとぴょんぴょん飛んであたりを探した。俺には肺があるからえらじゃなくても呼吸はできるが長いあいだは難しい。昼になって太陽が昇ると少しずつ水はなくなってくのでやがて弱い仲間は死んでしまって硬骨だけが残った。俺は近くの陸の窪みに小さな池があるのを見つけた。あそこまで行くことができれば水はあるけれどただ陸を渡っていかなきゃならない。何日も考えた末に思い切って水溜まりを出た。俺は総鰭《そうき》類だ。ひれの中には骨の指があってほかの魚とはひれの硬さがちがうのでひれを使えば行けるかもしれない。俺は必死でひれを動かして前へ進んだ。前へ。とにかく前へ。池はすぐそこにあるからあそこへ入ることができれば生きられる。ひれは土にまみれ硬い地面に傷ついて欠けてしまうが痛みはない。俺には池しか見えておらず、じりじり体は進み池が近づいてくる。あと少し。もう一息。俺は頭から池の中へ滑り落ちていった。入れた。水に包まれて乾いた体が潤う。俺が肺の空気を吐き出すと泡が昇って同時に体が沈んでく。わりと深い池らしい。これで生き延びることができる。しばらくして俺は池から顔を出してさっきと同じようにひれで陸の上を動いてみた。やがてこつをつかんだ。これができればもしこの池が干上がったとしてもほかの池や川を探すことができる。俺のひれはだんだん前足と後ろ足に変わっていってどちらの足にも五本ずつの指ができて、俺は水の中でも陸でもどちらでも生きることのできる体を手に入れた。

親はいっきに数千個の卵を産みそこから俺は幼生として泳ぎ出した。ホヤの成体は海底にくっついて生きてるが幼生は住みかを見つけるために泳ぐ。泳ぐために体には脊索がありこれはいわば背骨なのだが住みかを見つけて成体になると失われる。つまり泳げなくなるんだ。この広い海をただ一か所にくっついて生きてるのは退屈だ。俺はもっと泳ぎたかったしいろいろな景色の移り変わりを見たかった。きょうだいたちは住みかを見つけて次々に海底へくっついてくが俺はそうしなかった。いつまでも泳ぎ続けてたんだ。すると俺の脊索は脊椎に変わった。複雑なものじゃなく一本の棒でそれに筋肉や器官がぶらさがってるだけだがそれでも俺は満足だった。海の中を泳ぎ続けることができるんだから。俺の体は普通のホヤとちがって水になじみやすいように、長くて細くなった。体の前に頭ができて後ろにしっぽができた。これなら泳ぎやすいがしっぽを動かすだけじゃなかなか速くは泳げない。それに口が小さいから餌も海底の小さな食べ物のかけらしか入らない。何より怖いのはウミサソリであの大きな鋏につかまればもう逃げられず、俺は体がやわらかいからあっというまに食われてしまう。俺は速く泳げるようにしっぽを大きく強くして体に甲をまとった。この鎧は役に立った。骨で作ったからとても硬くて簡単には傷つかない。ウミサソリが近づいて来たらしっぽを必死で振ると奴らは体こそ大きいけれど俺より速く進めない。それにいきなり岩陰から鋏が現れてつかまりそうになっても甲のおかげで棘が滑ってつかまることがない。俺は魚になって海を泳ぎ回り世界が広がってどこまでも泳げる気がした。

俺はカイメンだ。壺のようにぽかんと口をあいて潮の流れが運んで来る食べ物を待ってる。怠けたいわけじゃないが海底にくっついてるから仕方がないんだ。不満だ。自分の食べたいときに食べられない。そこで触手を持ったヒドラになった。これなら近くに来た食べ物をつかまえられる。俺は八本ある触手をふりまわして手当たりしだいに食べ物をつかまえた。だが動けないのは不自由でいずれにしても待つことに変わりはない。待つのはもう嫌なのでクラゲになった。これなら海中を動くことができる。動くというのはいいことだ。待つだけではつかまえられない食べ物が手に入るしそれに景色が変わるから飽きないしふわりふわりと気持ちがいい。しかしそのうちクラゲでいることにも飽きてきたので胴の長い海生ぜん虫になり海底を這って食べ物を口に入れた。ふわりふわりと海中を舞ってるのもいいけれど海底を這うのも面白い。やはり景色が変わる。これは大切なことだ。食べることも生殖に励むことも生きるためには必要だが生活には変化がいるのだ。同じことを繰り返してるだけじゃ能がない。何より変化を求めてないと俺は生きていけない。これまでも変化することで過酷な環境を生き抜いてきたのだ。海生ぜん虫にも飽きたので殻をかぶってオウムガイになってみた。二枚貝よりもこっちのほうが様子がいい。クラゲよりも強い感じがする。オウムガイは俺の性格に合っていたのかいちばん長くこの姿で生きてた。しかしやはり飽きて変化が欲しくなる。そこで体を節に分けて全体に覆いをかけてみた。三葉虫だ。これはすぐに飽きた。どうやらかたちが俺に合ってないようで俺はまた変化を求めて新しい生き物へ姿を変えた。

俺は植物だ。ものすごく小さいが体の中に葉緑素を持ってて光合成ができる。光合成の原料としてはまず水だ。一つの水の分子は一つの酸素原子と二つの水素原子からできてる。俺の細胞の中じゃ太陽のエネルギーが水の分子を壊して一つの酸素原子を放出し二つの水素原子をたくわえる。光合成に必要なもう一つの原料は二酸化炭素だ。一つの二酸化炭素の分子は、一つの炭素原子と二つの酸素原子からできてる。太陽のエネルギーは二酸化炭素から酸素を壊して一つの酸素原子を放出し一つの酸素原子と一つの炭素原子を残す。二酸化炭素から取り出された酸素原子と炭素原子は水の分子から取り出された二つの水素原子と組み合わされて炭水化物の食べ物を作る。水中の細胞はこの食べ物のおかげで生きてることができた。それまでの連中は細胞膜から水中の化学物質を摂ってた。細胞が生まれたころは連中の数は少なかったし化学物質の量は多かったので問題はなかったが細胞はどんどん増え化学物質の量は変わらなかったので生き残るための激しい競争が始まった。そこへ俺のような植物が現れた。細胞にとっては天の配剤だった。ところが植物を食うものが現れたんだ。それは俺と同じ植物だった。植物を食うんだから奴はもう植物じゃない。しかも体に植物を食うための穴を作った。口だ。これが動物の始祖だ。その後連中を食う細胞が現れ捕食者が誕生し食物連鎖が始まった。この鎖の初まりには植物がいて最後には捕食者がいる。捕食者はほかの動物の肉を食べる。人間がそうだ。本来は人間も食物連鎖の環の中にいるんだが文明の力で外へ出ていった。

水溜りがあった。浅いけれど中には化学物質がたくさん含まれてて稲妻や太陽の光がこの水溜りを温めてた。熱のせいで分子の中の原子はさかんに動いてて原子はくっついては離れ離れてはくっつき、長い歳月をかけて多くの分子を作った。分子と分子がくっついてアミノ酸の鎖になりその先から脂肪の分子のしずくに囲まれた一つの塊が生まれた。俺、つまり細胞だ。俺は地球で生まれた最初のいのちだ。この水溜りは俺の海だ。子宮だ。ふるさとだ。

俺は、体を分かつことができるようになった。いま二つになる。

引用参照文献

『朽ちていった命―被曝治療83日間の記録―　NHK「東海村臨界事故」取材班』新潮文庫
『チェルノブイリの祈り　未来の物語』スベトラーナ・アレクシエービッチ著　松本妙子訳　岩波現代文庫
『交合』谷川俊太郎
『トム・ジャクソン　生物　生命の謎に迫る旅（歴史を変えた100の発見）』トム・ジャクソン編　山野井貴浩監訳　日高翼訳　菅野治虫訳　丸善出版
『細胞とはなんだろう「生命が宿る最小単位」のからくり』武村政春　講談社
『細胞の不思議　すべてはここからはじまる』永田和宏　講談社
『解剖生理学をおもしろく学ぶ』増田敦子　サイオ出版
『若い読者に贈る　美しい生物学講義　感動する生命のはなし』更科功　ダイヤモンド社
『生命誕生の瞬間（進化の歴史　生命誕生35億年）』①〜⑨　ジョン・ボネット・ウェクソウ著　竹内均訳　草土文化
『ポップアップ　生命の誕生』ジョナサン・ミラー／デビッド・ペラム　監訳・本多洋　ほるぷ

出版

『角川日本地名大辞典⑦福島県』　角川書店

『クロニクル　日本の原子力時代　一九四五〜二〇一五年』　常石敬一　岩波書店

『科学をわかりやすく解説』「原子のつくり」「元素と原子」（https://wakariyasuku.info/）

『談話室　核分裂は誰が発見したのか（その2）』　原子力発電環境整備機構　河田東海夫（https://www.jstage.jst.go.jp/pub/pdfpreview/jaesjb/51/1_51_61.jpg）

『NPO法人藪会』「樹木の樹勢回復、不定根誘導、桜の治療」（https://www.yabukaijp.com/%E8%97%AA%E4%BC%9A%E3%81%AE%E6%8A%80%E8%A1%93/）

アトムの子供

お祖母ちゃんの部屋から変な声が聴こえる、と梨華《りか》が言いに来たのは、福島への一時帰宅から二週間ほど経った夜のことだった。澄江《すみえ》は最近になって独り言を言うことが増えていたのだが、薄い壁を通して伝わって来るのは、話し声ではなく、唸り声だった。風呂から出て来たばかりの妻の典子《のりこ》は、ダイニングキッチンの椅子に腰を下ろして、不愉快そうな表情で化粧水を使いながら父娘のやりとりを聴いていた。気になって崇《たかし》が様子を見に行ったら部屋には鍵が掛かっていた。

「母さん」と彼は声を掛けた。「なんで鍵なんか掛けてるの。かくれんぼか」

中からは母の声が聴こえたが、何と言ったのかよく分からなかった。

「母さん、開けて」崇はドアを叩きながら言った。

ちょっと待って、とようやく澄江はまともに応えて言った。

「何してるの」彼は苛立ちを隠さなかった。とうに気を遣う時期は過ぎていた。

しばらく何か片づけているらしい物音が聴こえて、やがて静かになると、ドアの鍵を外す音がした。崇は待ち切れずにドアを開けながら、

「何してるんだよ」と同じ言葉を繰り返した。

「別に」澄江はフローリングの床の上へ正座して前を見つめた。

「人が話してるんだから、こっち見ろよ」

広島へ敵新型爆弾　B29少数機で来襲攻撃　相当の被害、詳細は目下調査中
落下傘つき　空中で破裂　人道を無視する残虐な新爆弾

六日午前八時過ぎ敵B29少数機が広島市に侵入、少数の爆弾を投下した、これにより市内には相当数の家屋の倒壊と共に各所に火災が発生した、敵はこの攻撃に新型爆弾を使用したもののごとく、この爆弾は落下傘によって投下せられ空中において破裂したもののごとく、その威力に関しては目下調査中であるが、軽視を許されぬものがある『朝日新聞』昭和二十年八月八日

原子爆弾　ウラン原子核の分裂　最少量で火薬二万トンに匹敵　『朝日新聞』昭和二十年八月十六日

煩わしそうに顔を上げて息子に眼を向けたが、やや斜視気味の眼は焦点が合っていないよ

うだった。その様子が余計に彼の苛立ちを募らせた。

「部屋の中で何してるの」

「別に、何も」

「梨華がさ、変な声が聴こえたって言うんだ」

「ああ」

「ああじゃなくてさ、……おい、こっち見ろよ」

澄江はさっきから右手のクローゼットの方が気になるのか、ちらちらと眼を遣っていて、崇の話はまったく耳に入っていないような感じだった。すると不意にクローゼットの奥から何か物音がして、途端に澄江は立ち上がってそっちへ行った。

「なんかあるのか」

澄江はクローゼットの前で膝立ちになって首を振った。

「なんか音がしたじゃないか」

「なんにもない」

澄江はクローゼットの取っ手へ伸ばした彼の手を抱えて開けさせまいと拒んだ。

「なんにもないよ」

「だったら見せろ」

年老いているくせに意外と力の強い澄江を振り切ってクローゼットを開けた。そこには思ってもみないものがいた。犬だった。茶色い、耳の垂れた、あまり毛並みのよくない中型の雑種で、黒い目脂のついた眼で彼を見上げていた。

「どうして……」

崇が振り返るまでに澄江の手が伸びて犬を抱き取った。

「なんで、こんなものがいるんだ」

澄江は部屋の隅へ、彼に背を向けて坐りこんだ。

「母さん」崇は母の肩に手を掛けて、こちらを振り向かそうとしたが、犬を抱いたまま体を折り曲げ、頑固に拒む姿勢となった。犬は低い唸り声を上げた。彼は固い貝の殻をこじ開けようとでもするみたいに、老母の体を起こそうとした。

「痛い、あっ、痛い、痛い」

澄江の声には、わざと人に聴かせようとするような響きがあって、それがまた崇の癇に障った。彼は丸めた母の背中を、思い切り殴りつけてやりたい衝動をようやく堪えた。

「子供みたいな真似はやめろ。そいつを渡せ」

「嫌だ」体を丸めたまま澄江は言った。

今朝、この部屋を見た時に、まだ犬はいなかった。昼間は、崇も典子も勤めに出ていて、梨華は高校に行っているし、マンションにいるのは澄江だけなので連れ込んだのだろう。典子に知られる前に処分しなければならない。ただでさえ同居を嫌がっていて、避難措置の行く末が決まるまでの、取り敢えずの期間だけ澄江が来ることを認めたのだ。こんなものを連れ込んだことが分かったら、どんな騒ぎが持ち上がるか。

「その犬、どうするつもりだ」

澄江の背中は頑なに息子を拒んでいる。

「渡せ、そいつを」

「嫌だ。渡したら捨てるんだろ」

「決まってるだろ。このマンションはペット、だめなんだぞ」

崇がまた肩に手を掛けたら、澄江はにわかにくるっと振り向いて、抱いていた犬を床へ降ろした。犬はぶるっと胴震いした。さっきは気がつかなかったが、この犬には後ろ足が一本なかった。

「あんた、分からないの」

「何が」

「この子が誰だか」

「犬に知り合いはいないね」

澄江は床へ寝そべっている犬の傍らにしゃがみ込んで、右の後ろ足の、切断されたところを撫でた。

「この子はね、智《さとし》なのよ」彼女は大切な秘密を打ち明ける時のように声を潜めて囁いた。崇は怒りとも悲しみともつかない居たたまれない心地になった。智は小学生の時に死んだ彼の弟で、交通事故で右足を切断する怪我を負って、その傷が命取りになったのだった。

「馬鹿なことを……」

犬を撫でている澄江の姿を見ているうちに、彼の裡に微かな怯えが広がっていった。福島から東京へ避難して来て以来、日が経つにつれて奇妙な言動をするようになり、最近はほとんど部屋から出て来ないで、ぶつぶつ独り言を呟いていることが多くなった。母は、本当におかしくなってしまったのだろうか。

「やっと帰って来たんだから……」犬を見つめる澄江の眼差しは、このうえもなく優しかった。


崇より二歳年下の弟・智が交通事故に遭ったのは、小学校二年生のことだった。自転車でスーパーから帰る途中、左折しようとした四トントラックに巻き込まれて下敷きになり、自転車のフレームが針金細工のように曲がった。一番ひどい傷を負ったのが右足で、駆けつけたレスキュー隊員が、小さな体をトラックの下から引き出した際に顔を顰めたほどだった。搬送された病院で緊急手術となったが、メスを握った外科医は、捩じれて爪先が後ろ向きになった足を、ためらうことなく切断した。好きなアニメの主人公にちなんで、アトムと呼ばれた生命力に溢れた子供だったのに、術後の経過が思わしくなく、二日目の早朝に容体が急変して息を引き取った。受け入れることのできない澄江は、激しく暴れて看護師達に取り押さえられ、医師に鎮静剤を注射された。葬儀が終わっても、智の部屋はそのままに保存されたが、十年目の命日を迎えた翌日、彼女は遺品の整理をし始め、それきり智のことはまったく口にしなくなった。

高校を卒業した崇は、東京の私立大学へ進学して、卒業後は中堅の製薬会社に就職した。職場で一つ年上の典子と知り合って、三十年のローンを組んで現在のマンションを購入した。求婚する時には、指輪と一緒にマンションの鍵を渡して、デートでマンションの下見をしていた彼女を喜ばせた。結婚式の夜、上京した両親をマンションへ泊めようとしたら、典子はせっかくだからホテルを取ってあげよう、と言ったが、あとになってそれは優しさからではなく、新居に他人を入れたくない、という意味であったことに気づいた。彼女はなぜか崇の両親にあまりいい印象を持っていなかった。父の三郎は先細りの農家の経営に見切りをつけて、「エネルギー革命」を喧伝された原子力発電所に入り、定年まで特に問題もなく勤め上げた。老後は夫婦二人でこぢんまりした田畑を耕すつもりでいたら、大腸癌が見つかって半年もしないうちに亡くなった。

福島の家で澄江は独り暮らしをすることになった。崇は長男でもあることから、母を上京させて同居したいと思ったが、典子に相談したら、沙羅が結婚するまでは部屋に余裕がない、お母さんもまだ若いのだから、そんなに急がなくてもいいのではないか、と言われた。その三年半後に長女の沙羅はイギリス人の男と結婚してロンドンへ旅立ったが、典子は母との同居について一切触れなかった。崇は母の様子を見るためにできるだけ福島へ帰った。そのたび一緒に暮らそうと誘ったが、嫁の気持ちを察している澄江は、動けるうちはね、と断った。彼はその言葉を聴きながら、どこかほっとしている自分がいることを知った。

ビキニの水爆？　実験で　邦人漁夫二十三名被災
一名は重患で入院　船内の『降灰』東大で鑑定

焼津漁港所属マグロ漁船第五福龍丸（一五六トン、船主焼津市焼津Nさん）は、T船長の話によると、三月一日午前四時ごろ、マーシャル群島ビキニ環礁北東百マイル、東経一六七度三〇分、北緯一二度付近海上で操業中、突然にぶい爆音とせん光を見た。それから三時間後、船体に真白な爆灰が降りかかり、これをあびた乗組員は十日ごろになって体の露出部に水ぶくれや火傷様の傷こんを生じたので、直ちに十五日午前四時寄港した。（中略）なかでも一番の重症者は船員Mさん（二九）で顔面に黒こげの火傷があり、頭髪も抜けはじめ、全然食欲がなくなっているので東大附属病院で入院加療手当中――『毎日新聞』昭和二十九年三月十六日

そんなことを繰り返していた二〇一一年の三月十一日の午後、外回りの営業をしていた崇は、有楽町の病院で地震に遭遇した。大きな揺れが収まって、職員が点けたNHKのニュースで、震源が東北であることを知った。澄江の携帯に電話をしたら、ずっと話し中で通じなかった。夜になってバスの行列に並んでいた時、携帯に見覚えのない番号からの着信があって、出ると澄江だった。携帯も固定電話も通じないので、近所の人からPHSを借りて電話をしてきたのだった。被害は食器棚や箪笥が倒れたぐらいで、特に怪我もない、という。ほっとしていたら、翌日、原子力発電所が爆発した。実家があるのは発電所から二十キロも離れていないところなので、慌てて連絡を取ろうとしたが、やはり携帯も固定電話も通じなかった。それでPHSの番号にかけてみたら、若い男が出て、町内の者はすでに川内村へ逃れている、自分も車で向かっている最中だが、おばさんの姿は見ていない、もし会ったら電話があったことを伝える、という。深夜になって、また見覚えのない番号から携帯に着信が

あった。出ると澄江で、いま郡山市の避難所にいるので心配しなくてもいい、という。三郎が面倒を見ていた後輩の社員が車で迎えに来てくれて、智と三郎の位牌だけを持って家を出たのだった。その時は誰もが、数日、長くても一週間もすれば家へ帰ることができると思っていた。

原子力発電所の爆発から五日もすると、澄江がすぐに実家へ帰ることは難しいことが分かってきた。崇は落ち着き先が見つかるまでの、取り敢えずのあいだ、と典子を説得して、母をマンションへ迎えることにした。ガソリンスタンドの行列に二時間並んで車のガソリンを満たし、国道四号線を通って郡山市の避難所へ向かった。東京へ出て来てから年に何度か実家へ通った道路は、ひどく渋滞しているだけで、周りの風景はまったく変わっておらず、この先に取り返しのつかない事故の起きた土地があるとは思えなかった。避難所になっている公民館へ辿り着いた時には陽が傾きかけていた。その建物には、すでに人の生活の匂いが生まれていて、避難して来た人々の表情には疲れが見え始めていた。崇は入口からざっと見渡したが、母の姿が見当たらなかったので、中へ入ってフロアを回った。澄江はステージの隅の方で毛布を羽織って坐り込んでいた。息子の顔を見て不思議そうにしているので、実家へ帰るのは難しいこと、今後の避難措置がはっきりするまで東京のマンションで一緒に暮らした方がいいことを告げた。それでも彼女は何を言われているのか理解できないように、「家をそのままにしてきたから」を繰り返し、ようやく車へ乗せるまでに小一時間程もかかった。避難所からしばらく走ったところで、不意に澄江が、ラーメンを食べたい、と言い出した。見ると、沿道に一軒だけラーメン屋が開いていたので入った。避難所では、なかなか温かいものが食べられなかったので、ずっとラーメンが食べたかった、と彼女は言った。そういう人のために無理をして店を開けているのだ、と中年の店主は笑った。東京のマンションへ戻ったのは深夜だった。すでに典子と梨華は寝ていた。澄江のために風呂を沸かして、用意してあった梨華の部屋へ通した。

同居して二、三週間もすると、典子と梨華は苦情を言った。典子は、澄江の視線が耐えられないという。彼女はすることもないので居間で一日中TVを視ているのだが、典子が勤めから帰って台所に立っていると、ずっと視ていると言うのだ。気にするな、と諭しても、気になって仕方がない、と訴えるので、澄江に告げると、悪気があるわけではなく、家事を手伝いたいので要領を見て憶えようとしていた、という返答があった。家事の手伝いなどの気遣いは要らないから、とにかく典子を視るな、と注意すると、視ることもできないのか、と不機嫌になったが、その日から典子が外から帰ると、澄江は自分の部屋へ戻るようになった。梨華は、おばあちゃんは臭い、と言い始めた。毎日入るのはもったいないからと、澄江は三日に一回しか風呂に入らなかったが、それだと老人に特有の臭いがするのだと梨華は顔を顰めた。さすがに臭いとは言えなかったので、この家ではみなが毎日シャワーを浴びることになっていて、それも家賃のうちに含まれているから、お母さんも浴びないともったいない、と説得した。

やがて澄江は、家族が居間にいる時には、トイレへ行く以外には姿を見せず、自分の部屋で引き籠っているようになった。あまり家にばかりいると、気が塞ぐだろうから、時々は崇が車に乗せて買い物に行ったり、散歩に連れ出したりした。そういう時に澄江は、どこか迷惑気な表情でついて来て崇を不愉快にさせた。同居するようになって八カ月が過ぎた頃、近所の交番から電話があった。お母さんを迎えに来て欲しい、と言われて、痴呆にでもなったのかと胸がざわついた。話を訊いてみると、誰かにあとを尾けられている、というのだった。それで怖くなって交番へ飛び込んだ。特に不審な人物はいなかったのだが、念のためにご家族に連絡を取らせて貰った、と若い警官は言った。その日マンションの自分の部屋へ戻ってからも、澄江はカーテンの隙間から外の様子を窺って、崇を訝しがらせた。それからしばらくしたある深夜、トイレに起きた崇が水を飲もうと台所へ来たら、澄江がぼーっと立っていた。ずっと誰かがひそひそ話をしているので気になって眠れないのだ、という。そんなはずはないので、気のせいだから部屋へ戻るように言うと、嫌だ、福島へ帰りたい、と泣き出した。崇は、澄江の手を引いて部屋へ連れて行き、彼女を寝かせて、その隣へ横になった。

すると排水管を水が流れる幽かな音がして、それが人の話し声に聴こえなくもないので、これが話し声の正体だと言うと、澄江は耳を澄ませて、いや、違う、確かに人の話し声だった、と言ったが、息子が横に寝ているので安心したのか、そのうち眠り込んだ。崇はさっきから繋いだままの手を放すことができずに、母の掌を意識しながら闇の中でいつまでも眼を開いていた。

その頃からだった。澄江は、どこか焦点が合わないような眼をして、ぶつぶつ独り言を呟いていることが多くなった。何かにつけて、子供のするようなことをするようになった。典子と梨華は気味悪がったが、崇は彼女が気丈に家を切り盛りしていた頃を知っているので憤りに似た気持ちが生じた。澄江は食事も別に自分の部屋で取るようになり、典子は義母との同居から生じる苛立ちを隠さなかった。二年もすると、崇は妻と娘に必要以上の気兼ねをするようになり、夫婦と父娘の関係も変わってしまった。彼も早く母親の落ち着く先を決めたかったが、福島の実家へ帰ることはできず、別の家を借りるのも経済的な事情が許さなかった（電力会社の僅かな補償は、とうに典子が家計へ組み込んでいた）。マンションへ帰るのが億劫になって、人の嫌がる残業を引き受けたり、日帰りで済む仕事を泊りがけの出張にしたりした。二〇一三年の三月に、実家のある町は避難区域が再編されて、立ち入ることができるようになった。崇が生まれ育った家は、居住制限区域に指定されて、住むことはできないが、立ち入りは自由になった。道路を一本隔てたところは帰宅困難区域で、放射線量が高過ぎて立ち入ることもできなかった。ただし、この区域の住民には一人当たり七百万円の補償金が追加された。

澄江は実家に戻ることができるのを知って、一日も早く行きたがった。避難区域の再編が発表された週の日曜日、崇は母親を乗せて車を走らせた。二年間そのままだった家を掃除して、父と智の墓参りにも行った。澄江が三本足の犬を拾ったのは、この日から二週間後のことだった。

「原子の火」日本に初めてともる　けさ　東海村で
燃料、予想以下で点火　「原研」は夜明けの乾杯

茨城県東海村の原子力研究所では二十六日朝から湯沸型原子炉に燃料注入作業が続けられているが、二十七日午前零時になって初めの予想の三分の二の燃料で臨界状態に達する見通しとなった。午前二時現在注入を終わったウラン235は千百四十三グラム、それから入れ始めた五十グラムが〝第二の火〟点火への最後の注入になるだろうとヤミに包まれた東海村の松林一帯は緊張に包まれている。作業はきわめて順調に進められ、研究所が二十七日午前二時半「あと二時間半のちの同五時にはウラン235は千百七十グラムで臨界状態に達する」と発表し

た。『朝日新聞』昭和三十二年八月二十七日

澄江が犬を連れ込んだ翌々日、典子が異変に気づいた。浴室に黒いチョコのかけらのようなものが転がっていたのだ。ホテルのユニットバスではないので、便器から落ちるような間違いのあるはずもなかった。最初典子は、澄江が粗相をしたのだと思って夫に苦情を持ち込んだ。母親の悪口に飽き飽きしていた彼は、不用意な反論をした。

「お袋が、こんなことするはずないじゃないか」

言ってしまってから、まずい、と思ったが、典子は夫の小さな表情の変化を見逃さなかった。

「……説明して」

崇はうなだれて頭を抱えた。

「犬がいるんだよ」

「犬って、あの尻尾のある四本足の――」

「そう」この犬は三本足だけどな、と言おうとして止めた。

「……お母さんね」

彼は頷いた。

「今日中に処分して」

彼は頷いた。

しかし澄江は頑なだった。部屋に閉じ籠って出て来なかった。夕食のテーブルを囲んでいる時、典子は、今日中よ、と繰り返した。それは、私の我慢にも限界があるからね、と聴こえた。梨華はスマホをいじりながらローストビーフを口に入れた。崇はトレイに母親の食事を載せて部屋まで運んだが、ドアが開くことはなかった。朝になっても、トレイの食事には手が付けられていなかった。崇はそのまま出勤し、昼休みに澄江の携帯に連絡してみたが、彼女は出なかった。会社から帰って澄江の部屋へ行くと、トレイは置いたままになっていた。

「母さん、いい加減にしろよ。かくれんぼは、もう終わりだよ」崇が声を掛けても、ドアの向こうからは何の反応もなかった。

翌日も、その翌日も、同じことが続いた。

「このままにしておけないわよ」と典子は言った。その日は日曜日だった。「このマンションは管理組合がうるさいんだから、犬がいるって分かったら、厄介なことになるわよ。場合によっては、私達が出て行かなきゃいけなくなるわよ」

「分かってるよ」

「分かってない。私は、ここを離れるの嫌よ。梨華の学校だってあるんだし」

「そんなことにはならないよ」

「なるわよ、犬を捨てられないんなら。お母さんだって、あのままじゃ病院行きよ。年寄りのくせにハンストなんかして。あなた、息子のくせに心配じゃないの」

「なんとかするから」

「今日よ。明日や明後日はだめ。今日、何とかして」

崇は、澄子の部屋のドアを叩いた。

「母さん、入れてくれよ。どうしたらいいか、考えよう」

しばらくしてドアの鍵が開いた。彼は中へ入った。澄江は犬を抱いて床の上に坐っていた。

「二日も飲まず食わずで、その歳で無理なダイエットしたら死んじゃうよ」

「いい」と澄江は言った。「この子と引き離されるんなら死んだ方がまし」

崇は溜息をついた。いい加減、疲れていた。

「智が事故に遭ったのは、私のせい。私がスーパーで買い物を頼んだから」

夕食に近所の川で獲れる秋鮭のアラ汁を拵えるはずだったが、味噌が足りなかったので智が買いに走った。その帰り道に四トントラックに巻き込まれたのだった。その日から柏木の家では鮭のアラ汁は食べなくなった。澄江が作れなくなったのだ。

「四十年経って、やっとこの子に会えたの。もう、離れたくない」

事故で亡くなって十年目から、澄江は彼のことを口にしなくなったが、心の中ではずっと悼み続けていたのだ。崇は再び溜息をついた。

「でも、ここでは犬は飼えないんだ」

「帰る」

「え」

「福島へ帰る」

澄江は犬を抱き締めて少女のように泣いた。

「そうか。……じゃあ、帰るか」

原子力発電に成功　日本で初めて・原研動力炉
手がけて八年、努力みのる

茨城県東海村、日本原子力研究所の動力試験炉（ＪＰＤＲ）の発電試験は、二十六日午後四時四十八分から行われ、同五十九分わが国初の〝原子力発電〟にみごと成功した。原子力を手がけてから八年、昭和三十二年八月原研の一号炉が臨界になってから六年、昭和三十六年三月、動力炉建設にとりかかってから二年七カ月ぶり、わが国も世界で十一番目に原子力発電を実現した国になった。今後さらに何段階ものテストを繰り返し、十一月下旬全力運転に到達する予定である。この炉はウラン235、百八キログラムを二・六パーセント濃縮二酸化ウランに加工した燃料を使い、最大出力四万五千キロワットで、一万二千五百キロワットの発電を行うことができる。『毎日新聞』昭和三十八年十月二十七日

澄江は部屋から犬を抱いて出て来た。崇は澄江の手荷物を持って後ろから尾いて行った。典子と梨華は険しい表情で、その姿を見つめていた。崇は澄江を待たせて、台所で握り飯を二つ拵えて、空のペットボトルにお茶を入れた。

「ピクニックに行くわけじゃないわよね」典子が言った。

「福島へ帰る」崇が応えた。

彼女は訝しそうに夫を見ていたが、引き留めることはなかった。駐車場から車を出して、澄江と犬を後ろのシートに乗せた。彼女は数日振りに大人しく遅い昼食を取って、犬にもドッグフードをやった。崇は二人が一息つくのを見て車を走らせた。首都高に乗って東北自動車道に入った。二時間程走ったところでサービスエリアに車を停めた。

「母さん、いまのうちにトイレへ行っておけよ。まだ、しばらく走るから」

「……そうだね。この子は」

「ここに置いとけば大丈夫だよ。俺はコーヒーでも買って来る」

澄江は車を降りて歩いて行った。崇は彼女がトイレの建物に入ったのを確かめて急いで車に戻った。後ろのドアを開けると、犬はシートでうずくまったまま上眼遣いに彼を見た。

「降りろ」と彼は声を掛けた。「おまえは、ここまでだ」

犬は動かなかった。

「おまえは、宿無しの、ただの野良犬だ。うちに置いとくわけにいかないんだ」

この犬さえ追い払ってしまえば、取り敢えずのところはしのぐことができる。最初から崇は福島の実家へ行くつもりはなかった。途中で犬を逃がしてやろうと考えていたのだ。

「おまえのいるべき場所は、ここじゃない」

彼は犬を引き摺り出すために手を差し出した。指が前脚に掛かった瞬間、犬は鼻の頭に醜く凶暴な皺を寄せ、低い声で吠えた。

「大人しくしないと、怪我するぞ」

犬は首を捩じって前脚を摑んだ彼の手に嚙みついた。甘嚙みではなかった。手加減のない、骨を砕くような嚙み方だった。

「痛っ」

彼は思わず息を止めて嚙まれた手を抑えた。指の間から血が滲んだ。鼻先を殴りつけてやろうと拳を振り上げたら、

「何してるの」と澄江が叫んだ。

振り向くと、非難する表情の彼女が立っていた。

「ちょっと撫でてやろうとしただけだよ。こいつ、凶暴だな」

澄江はふっと表情を緩めて、兄弟喧嘩しないの、と言った。それは久し振りに聴く母親らしい優しいしっかりした声の響きだった。道路を国道六号線に乗り換えて北上した。幹線道路の沿道には、除染物質を詰めた黒い袋がびっしり並んでいて、田畑には黄色いセイタカアワダチソウがあわあわと群生していた。トラックやマイクロバスと行き交いながら、時々ルームミラーで後ろの様子を見た。澄江が唇にリップクリームを塗ると、甘い味がするのか、犬がぺろぺろと舐めた。犬はまた大人しく目脂を取らせていた。お互いにされるがままで、まるで本当の親子のように仲良く睦み合っていた。不思議なことに祟は、自分の心の奥に軽い嫉妬があるのを知った。

国道を左折して住宅地に入った。実家のある周辺は、帰宅困難区域と居住制限区域と避難指示解除準備区域が入り組んでいて、注意信号が点滅したままの信号機の下には、「この先、帰宅困難区域につき、立入禁止」と大書された黄色い看板が立っていた。狭い道路を隔てて、ほんの数メートルあちら側が、帰宅困難区域という名の奪われた土地なのだった。

「帰って来た」後ろから澄江の嬉しそうな声が聴こえた。「やっと帰って来たよ、智」

車が二台対向するのがやっとの、それほど広くない舗装道路の両側に商店や住宅が並んでいて、周りに人がいる気配はなかった。崇は、ちょうど実家の玄関に車を横着けした。茶色いサッシの引き戸になっている玄関の前は、雑木や雑草が伸び放題で、左手にシャッターの下りた車庫があって、さらにその左手には理容店の看板がある電柱が立っていた。柏木の白い表札は、ちょっと傾いて掛かっていた。人が住んでいないのだから当然だが、二階の窓も閉まっていた。

澄江は犬を後ろのシートに残して車を降りると、玄関の鍵を開けて、ただいま、と小さく呟いた。そして犬を抱き上げて家へ入ろうとして、崇を見上げ、

「あんたはどうするの」と訊いた。

彼は首を振った。どうすることもできない。誰かに教えて貰いたかった。澄江はどこかいそいそと敷居を跨いだ。その時、抱かれた犬が、ちらっと崇に眼を遣った。見開かれた青みがかかった眼に、ふと見憶えのある気がした。アトムと呼ばれた子供の笑い声が聴こえた。心が震えた。そうなのかも知れない。いや、そうであって欲しい。母も犬も家の中へ消えていく。あの二人は、二度とこちらへ戻って来ないだろう。智、お袋を頼む。崇は祈るような気持ちになっていた。

福島原発で爆発　周辺で90人被曝か　第一1号機炉心溶融、建屋損傷

経済産業省の原子力安全・保安院は12日、東日本大震災で被害を受けた東京電力福島第一原子力発電所1号機（福島県大熊町）で、午後3時30分ごろに爆発音を伴う水素爆発が起きたことを明らかにした。

半径20キロ避難指示　最悪の事態回避へ懸命

放射能放出　5万人避難　10キロ圏外へ避難急ぐ　「とにかく西へ」焦り　『朝日新聞』平成23年3月13日

あとがき

二〇一一年三月十一日の東日本大震災から十年が過ぎた。今年の三月には、この十年を総括する書籍が少なからず出版された。しかし僕は、『α《アルファ》とω《オメガ》』の出版を少しずらしてもらった。そこには原子力については、これから本格的に考えなくてはならないのだというメッセージを込めたつもりだ。つまり、総括ではなく、出発だ。

僕は、『αとω』は、真の理解者が一人いればいいと思っている。あなたがその一人になっていただきたい。

〈著者紹介〉

村上　政彦（むらかみ　まさひこ）

1958年、三重県生まれ。作家。
業界紙記者、学習塾経営などを経て、87年「純愛」で
福武書店（現ベネッセ）主催・海燕新人文学賞を受賞。
日本文藝家協会常務理事。日本ペンクラブ会員。
著書に
『ナイスボール』福武書店 のち集英社文庫、
『ドライブしない？』（「純愛」所収）福武書店 、
『青空』福武書店、『Zoo』海越出版社、『アラブの電話』福武書店、
『魔王』集英社、『トキオ・ウイルス』講談社 のちハルキ文庫、
『ニュースキャスターはこのように語った』集英社、
『東京難民殺人ネット』角川春樹事務所 （ハルキ・ノベルス）、
『「君が代少年」を探して 台湾人と日本語教育』 平凡社新書、
『見果てぬ祖国』ホセ・リサール原作/翻案 潮出版社、
『ハンスの林檎』潮出版社、『三国志に学ぶリーダー学』潮出版社、
『三国志に学ぶ勝利学』潮出版社、
『世界の文学名場面を読む』第三文明社・21c文庫、
『小説を書いてみよう』第三文明社、
『作文を書いてみよう―こうすれば、きみも文章が書ける』第三文明社

α《アルファ》とω《オメガ》

定価（本体1500円+税）

乱丁・落丁はお取り替えします。

2021年8月 2日初版第1刷印刷
2021年8月12日初版第1刷発行
著　者　村上政彦
発行者　百瀬精一
発行所　鳥影社 (www.choeisha.com)
〒160-0023 東京都新宿区西新宿3-5-12トーカン新宿7F
電話 03-5948-6470, FAX 0120-586-771
〒392-0012 長野県諏訪市四賀229-1（本社・編集室）
電話 0266-53-2903, FAX 0266-58-6771
印刷・製本　モリモト印刷

ISBN978-4-86265-906-4 C0093